沒有城堡的公主
溫小平／文
cincin chang／圖
沒有華麗的身世、沒有絕世的美貌
但只要有勇氣與堅持，我就是公主！

【自序】溫小平

雖然沒有城堡，公主依然美麗

到底什麼是公主？

穿著長長的蓬蓬裙，留了一頭金色的長髮，皮膚比雪還要白，歌聲比黃鶯更動聽。她住在高高的山上城堡裡，國王、王后都非常疼愛她，即使她想要摘下天上的星星做項鍊、用月亮當鏡子、拿太陽當球踢，國王也會盡一切力量滿足她的願望。

當她慢慢長大，許多男子開始愛慕她、追求她，她被濃濃的愛包圍，連細菌都靠近不了。突然有一天，她被魔王抓走了，全世界的帥哥、王子都想盡辦法要救她出來，這樣，就可以娶公主回家。

公主的一生就是這樣嗎？

如果公主沒有金頭髮，穿的是別人捐的衣服，皮膚黑黑的，甚至唱歌像鴨子叫，更重要的是，沒有人愛她，沒有人在乎她，她，就不是公主了嗎？

這是我從小的疑問，問了很多人，他們只是摸摸我的頭說，「妳想得太多了！」沒有給我答案。

可是，我始終覺得，自己是一個如假包換的公主。因為，真正的公主，不一定要漂亮，只要有一顆善良的心，願意幫助別人，當她遇到困難，自己會想辦法解決。她不但自己快樂，也會散播快樂。

泥泥，就是這樣的公主。從外表看，她毫不出色，學校成績也不是很理想，難得有機會到臺上表演跳舞，也是狀況百出。可是，不管在哪一種困境中，她懂得自得其樂，而且，想辦法脫困。不像有些女生，只會哀哀哭泣，希望別人來救她。

更慘的是，泥泥生長在一個再婚家庭，而且爸媽還重男輕女，也不過十二歲，就要做許多的家事。這些她都不在乎，只在乎媽媽能夠愛她。

但是，因為泥泥剛出生，爸爸就過世了，所有人就把這筆帳記到泥泥頭上，認為她是一個不幸的小孩，走到哪裡，遇見誰，誰就倒楣。

包括她的媽媽在內，擔心被泥泥剋死，相信了算命先生的說法，不准泥泥叫她「媽媽」。所以，當她傷心的時候，必須非常非常小心不讓「媽媽」兩個字脫口而出，免得害死媽媽。

任何人遇到這種情形，絕對快樂不起來，但是，她是公主泥泥，她不怕任何挑戰。

於是，她不但自己脫困，也救了別人。

其實，《沒有城堡的公主》有一部分說的是我自己的童年故事，雖然身邊沒有人幫助我，我常常自己編故事安慰自己、鼓勵自己，希望有一天可以證明，我不是受咒詛的生命，我可以帶快樂給別人。

希望你們不管遇到任何困境，也能做一個快樂公主。

目錄

★媽媽要當新娘了！

媽媽興奮得好像新娘，泥泥這麼說時，媽媽回答她，「我本來就是新娘啊！妳看看阿姨漂不漂亮，妳長大以後也要作新娘子啊！」

泥泥很少看到媽媽這麼高興，不但把她長了好多根白髮的頭髮，染成芭比娃娃一樣的金色，還去紋眉、紋眼線，她望著媽媽的頭跟臉，覺得自己的媽媽好像被人偷走了。

很小的時候，她開始常常做一個奇怪的夢，她站在百貨公司的櫥窗前面，裡面坐著一排模特兒，每個人都長得不一樣，頭髮顏色也不同，其中一個的頭跟她媽媽很像，可是，看啊看的，媽媽就不見了，她的身體上面換了另一個女人的頭，露出詭異的笑容。

她每次都被嚇醒，可是，這樣的夢卻反覆出現，讓她每次都提心吊膽，擔心媽媽會突然失蹤，甚至猜疑現在的媽媽不是真媽媽，可能早就被虎姑婆吃掉了。要不然，媽媽為什麼不讓她叫她「媽媽」，只能叫「阿姨」？

以前還小，她也搞不清楚，同學問她，她只好說，「我媽媽說她以前家裡很窮，曾經把我送給別人養，後來抱了回來，我已經習慣叫她阿姨，就這麼叫了下來。」

泥泥的爸爸很早就過世了，她沒有看過爸爸本人，只看過他的照片，長得很帥呢！頭髮自然卷，眼睛又大又有神，好像在跟她說話，跟她喜歡的歌手凱凱很像。

媽媽一個女生，很怕被人欺負，認識了現在的「李叔叔」後，請他保護我們母女，就這樣住在一起，因為沒有錢，所以他們一直沒有結婚。

現在，弟弟佳龍進小學讀一年級，媽媽提出想要結婚熱鬧一下的要求，李叔叔立刻就答應了。

媽媽興奮得好像新娘，泥泥這麼說時，媽媽回答她，「我本來就是新娘啊！妳看看阿姨漂不漂亮，妳長大以後也要作新娘子啊！」

泥泥立刻說：「我還要等很久才長大，才能作新娘，我現在就要作妳的花童。」

媽媽的臉色好像紅綠燈換了號誌，不曉得是假裝沒聽到她的話，還是真有別的事，隨即轉換話題，「我要去試禮服了，萬一還要修改，就來不及了。」

泥泥的膚色從小比較深，生出來又瘦又小，就像一團爛泥巴，所以媽媽給她起了名字「泥泥」。不但同學嘲笑她的黑，還說「妳將來一定不會當新娘，連當花童，都沒有人敢讓妳當。」

所以，她的夢想就是當「花童」。她寫作文時這樣寫，還被老師念出來，全班同學笑得東倒西歪，可是，她還是繼續這樣跟上帝禱告，相信有一天會實現願望。

問題是，她已經十二歲了，身高一百五十二公分，會有這麼高的花童嗎？

媽媽試禮服回來，佳龍拿了一張立可拍的照片給泥泥看，「姐姐，妳看我穿西裝喔！是不是很帥？」

泥泥接過照片，心裡有了答案，媽媽真的偏心，她喜歡弟弟，讓他當花童，卻拒絕了泥泥。她沒有掉眼淚，只是望著媽媽說：「阿姨，妳知道嗎？我的夢想被妳打碎了，妳有沒有聽到玻璃碎片的聲音？對，我的心也碎了。」

泥泥回房間讀書，腦袋快速轉動，她不該這麼快放棄，花童通常是一對，除了男生，還有女生，她還有希望。當她問了弟弟，才知道女的花童是他們的表妹。表妹的皮膚很白，媽媽常常形容她很像白雪公主，那麼，媽媽不只偏心，更加證明她真的是「阿姨」，不是「媽媽」？

婚禮前一天，家裡來了好多親戚，分配著工作，就是沒有人想到泥泥，泥泥很著急，放學回家就問媽媽，「阿姨，妳明天結婚，我要不要幫忙？」

媽媽冷冷看她一眼，臉上沒有特別的表情，淡淡的說：「最近小偷多，妳在家裡看家好了。」

「為什麼我不能去？小偷來了，我看家也沒有用，我也打不過他。我們可以打電話給警察，請他們幫忙加強巡邏。」

「妳馬上要升國中了，功課那麼多，還要考試，妳在家念書。」

「我可以今天晚上不睡覺，把功課寫完把書念完……」

媽媽揮了揮手，「寫完功課，妳還要洗衣服、拖地……妳沒有看到家裡有很多事要做嗎？別說了，我已經決定了。」

媽媽為什麼不讓她去？好像有什麼事情瞞著她。可是，她問李叔叔，李叔叔「嗯……」了半天，才說：「妳就聽妳阿姨的話，妳知道我最怕她的。」

泥泥看著屋子裡走來走去的人，大家興奮得交頭接耳，幾乎忘了她的存在。她背起書包，不想待在家裡，去找田芳瑜一起寫功課，順便吐吐苦水。

田媽媽一看到泥泥，笑得好開心，「妳怎麼好久沒有來了？我剛剛煮了一鍋西米露，我記得妳最喜歡喝這個了。」

泥泥覺得，田媽媽還比較像她媽媽，所以，她只要心情不好，就會跑到他們家，跟田媽媽聊天，說說她的心事。田媽媽聽說她的夢想是當花童，也沒有笑她，還說：「雖然田媽媽沒機會讓妳當花童，可是小瑜結婚時，我一定讓妳當她的伴娘，她如果不答應，我就不讓她結婚。」

跟芳瑜一起喝西米露，田媽媽很關心的問，「泥泥，妳媽媽不是明天要結婚嗎？家裡一定很忙，妳怎麼不在家幫忙？」

泥泥眼眶紅了，「我媽媽不讓我當花童，也不讓我去喝喜酒。」

田媽媽嘆了口氣，「唉！一定又是迷信，聽了那些三姑六婆的話，說妳去參加婚禮，犯沖，對她不利。都什麼時代了，還相信這些？」

泥泥也很討厭迷信，她就常聽到家裡長輩說她的命很硬，所以一出生就把爸爸剋死了。

真的很奇怪，爸爸長得又高又大，同時可以跟幾個人打架（這是媽媽說的，爸爸當年擊敗很多男生才追到媽媽的），她只是一個不會說話，也不會走路的小嬰兒，怎麼會害死爸爸？

寫功課的時候，泥泥實在沒辦法專心，闔起書本，很嚴肅的問芳瑜，「妳是不是我的好朋友？」

芳瑜用力點頭，「當然是啊！」

「我就是想破腦袋，也要想辦法去參加我媽媽的婚禮，妳一定要幫我忙。」

「除了不能為妳死，也不能把我喜歡的男生讓給妳，我什麼事都可以幫妳。」芳瑜跟泥泥用小手指打勾勾。

★南瓜馬車

想了一晚，她想到了灰姑娘，灰姑娘搭了南瓜馬車，參加王子的舞會，她也要找一輛屬於她的南瓜馬車。

泥泥平常很喜歡讀課外書，媽媽給的零用錢，她都省下來買書看，班上的小小圖書館，陳列了許多同學捐的書，她每本都看了好幾遍，芳瑜家的書，當然也逃不過她的眼睛。

除了福爾摩斯探案、亞森羅蘋……，她也喜歡看童話故事，「只不過，童話故事裡都把女生寫得很笨。」她常常跟芳瑜這樣說。

「怎麼會呢？」

「妳看，白雪公主要等王子吻她，才會甦醒，她不會自己用力一咳，把毒蘋果咳出來？睡美人也是睡了好久，等王子來救她。美人魚更可憐，把尾巴換成腳，走路都會流血，連話都不能說，王子還是不跟她結婚。我才不要那麼笨，我要自力救濟。」

所以，她怎麼可能輕易放棄希望。

想了一晚，她想到了灰姑娘，灰姑娘搭了南瓜馬車，參加王子的舞會，她也要找一輛屬於她的南瓜馬車。

跟芳瑜一商量，兩人異口同聲喊出來，「找田逸豪！」

田逸豪是芳瑜的哥哥，念的學校離家很遠，所以在外面租了房子，平常他開了一輛很炫的古普車，全臺灣到處跑透透。

田逸豪倒是很乾脆，答應載她們去參加婚禮，危急的時候，還可以載她們用最快的速度跑掉。

問題又來了，
泥泥這樣正大光明去
喜宴，一定會被媽媽
認出來，搞不好大發雷

霆，即使媽媽真的不愛她，她也不能破壞媽媽的婚禮。

當芳瑜搭了田逸豪的吉普車在巷口等了半天，還沒看到泥泥，正掏出手機要聯絡她時，有個穿吊帶褲、戴鴨舌帽，邪裡邪氣的男生靠過來問她，「小姐，請問妳現在幾點？」

「五點四十分啦！」芳瑜不耐煩的回答。沒想到，那個男生竟然打開車門要上車。

「你做什麼啦？這是我家的車，你下去。哥！哥！你快來。」芳瑜叫著在便利商店買飲料的田逸豪。

田逸豪衝過來正要拽人，這個男生卻摘下帽子，頑皮的笑了，「我是泥泥啦！哈哈！你們被我騙過啦！」

「妳幹嘛打扮成男生？」

「我媽不是迷信我會剋死她，那我打扮成男生，就換了一個人，不是我孟泥泥啦！所有的魔咒不就解除了。」

他們及時趕在婚禮前到達，坐在角落的椅子上觀禮，泥泥興奮得臉都漲紅了，當她看到佳龍穿著小西裝，很紳士的走出來，覺得做他姐姐是很神氣的一件事，當李叔叔牽著媽媽走過紅毯，她激動的流下眼淚，不停說，「新娘好漂亮喔！」

吃著糖果、喝著飲料，他們聊得很開心，計畫吃完三道菜就閃人。擔任招待的人突然走過來，問他們，「你們是哪一方的親戚？」

泥泥有些心虛，小聲回答，「男方女方我們都認識。」

招待多看了他們幾眼，皺了皺眉頭，往主桌那邊去，跟李叔叔交頭接耳。泥泥一看不對，立刻說出他們的暗號，「柯南！」率先往外走。

匆忙跳上車，泥泥不停往後看，確定自己的鞋子沒有掉，也確定沒有人追上來，拍著胸口，「好緊張，萬一被認出來，我就死定了。」

泥泥立即把她跟別的同學借的男生衣服脫下，交給芳瑜保存，換上自己的衣服。回家用最快速度把地拖乾淨，把洗衣機裡的衣服晾好，洗了戰鬥澡，換上睡衣，坐在房間裡寫功課。

過了好一會兒，當她聽到有人開門進來，接著人聲吵雜，她假裝讀書讀累睡著了，趴在桌上，媽媽開門看了看，「泥泥好好的在房間裡啊！怎麼有人跟我說，看到泥泥去參加婚禮。」媽媽又關上了門。

泥泥在心裡向上帝祈禱著，保佑媽媽平安無事，不然萬一媽媽有個三長兩短，他們知道真相，就會怪她偷偷去參加婚禮，害了媽媽。

不會的，她相信不會有意外的，媽媽一定會長命百歲的。

我是睡美人

現在的小孩真辛苦，都希望自己變成睡美人，永遠不要醒過來。

泥泥今天很不想上學。

本來準備賴床的，可是，才不過晚了兩分鐘起床，媽媽就開始罵人，「泥泥，妳不要又裝死裝活，阿姨這次不會上當了，再不起床，我就用冷水像澆花一樣澆醒妳。」

媽媽這麼說是有原因的。前不久，因為要考英文，泥泥晚上偷看小說，英文單字沒背完，就不想去學校，鬧鐘響了很久，她就故意裝睡，好

像睡死掉一樣，不管媽媽怎麼掐她捏她，甚至搔她腳底心，她也忍住，不笑就是不笑，不醒就是不醒，假裝自己就是睡美人。

媽媽嚇壞了，趕緊叫李叔叔，「志高，志高，泥泥不對勁了，快送她去醫院。」

大家七手八腳把泥泥抬上車，送去急診室，醫生檢查半天也查不出毛病，媽媽著急的問，「醫生，會不會她永遠都醒不過來了？」

醫生搖搖頭：「我們給她打打點滴吧！大概讀書太累了，現在的小孩真辛苦，都希望自己變成睡美人，永遠不要醒過來。也許睡久一點，自然就醒了。」

旁邊也來看急診的人跟媽媽說：「我家小孩上次也是這樣，一直睡，卻查不出原因。聽說現在小孩鬼點子很多，不想去學校，就假裝生病，害怕考試，就吵著要自殺。唉！父母難為啊！」

媽媽用力拍了一下泥泥的腳，「妳如果敢給我裝睡，不要說王子不會出現，我還要罰妳天天刷馬桶，讓妳做馬桶公主。」

泥泥怎麼敢醒呢？早知道就去學校，考不好，大不了被罵一頓。現在又要增加家事項目，她就是有十隻手十隻腳，也做不完啊！還要犧牲喜歡的韓劇，不能聽凱凱唱歌。她開始後悔自己幹嘛要裝睡。

大概是點滴打了太多，全身灌滿了水，膀胱漲到快要爆掉，感覺只要有人壓她肚子一下，她就會變成噴泉，不曉得會不會有人對著她許願？忍無可忍，她只好翻身坐起，往廁所衝。點滴架被拉倒了，手腕的針頭脫落，流了好多血。

幸好，沒有尿到褲子上。但是，她知道，只要她膽敢走出廁所，就會被媽媽罵到臭頭，這輩子的信用掃地了。

結果，她洗了一個多禮拜的廁所，刷了幾十遍馬桶，媽媽的氣還沒有

消，說她丟臉丟死了。

還好啦！她沒有真的一睡不起死翹翹，如果她死掉的話，媽媽會不會寧願丟臉呢？

所以，她只好乖乖起床，乖乖去學校，乖乖考英文。

她真的不懂，做中國人說中國話寫中國字就好了，為什麼要學英文？她又不想出國，也不想嫁給外國人，也沒機會跟外國人說話，為什麼要逼迫她學英文？

愈想愈生氣，腦子裡一團混亂，每個英文字母都在跳舞，跳得她頭昏眼花。好不容易熬到老師說：「時間到，不要寫了，把考卷往前面傳。」

泥泥看到大家的考卷都寫得滿滿的，只有她，好乾淨的一張紙，每個英文單字都像一個獨自看家的小孩，好孤單，好寂寞。

下課時，同學興奮的交換經驗，幾乎每年都出國的賴佩珊說，「題目好簡單啊！老師簡直把我們當白痴，考這種題目，幼兒園都會寫。」

「是啊！我們英語班教的都比這個難好幾倍。」放學就去補習班報到的王禮涵說。

反正，泥泥全班走一圈，聽到的都是題目好容易，幾乎都會寫，每個人臉上都是笑容，彷彿春天提早降臨他們班。泥泥只好躲到教室外面，在走廊徘徊，遠離英文暴風圈。

可是，不管她怎麼躲避，還是躲不掉老師公布英文成績。英文老師對著全班說：「大部分同學都很努力，只有少數同學考得不理想，老師希望這些同學找機會去補習，如果到老師開的補習班來，老師會給你們打折的。」

泥泥聽了很反感，老師又在拉學生、做生意了，立刻舉手說，「老師，我們家沒有錢補習。」

英文老師看了她一眼，語帶不屑，「孟泥泥，沒有錢補習，妳就只好天天掛車尾，準備長大開清潔車了。」

賴佩珊故意笑得很誇張，「就是嘛！英文智障就是英文智障。妳知不知道現在我們住的是地球村，英文就是地球村民的語言，妳快被淘汰了啦！」

平常就跟泥泥針鋒相對的賴佩珊，有不少鐵粉，也一起嘲笑泥泥。泥泥向來看不慣這群自以為家裡有錢，就可以欺負人的同學，況且，她又不是真的很差勁，至少她的作文是全班最高分。

於是，泥泥勇氣十足的站起來對著賴佩珊說：「妳不要驕傲，連作文都寫不好，還想做地球人，丟臉丟到外國去了。」

英文老師揮揮手制止他們，「好了，不要吵了，想學好英文的就來找老師，現在考卷發下去，你們自己訂正檢討，多學一種語言總是好的，才可以跟外國人競爭。」

泥泥望著英文考卷上紅筆寫的四十八分，這還好，糟的是，考卷上老師還加了幾個字，「上課不專心，請家長嚴加督導。」回家給媽媽看了，真的會挨揍。

拿著考卷，發著呆，泥泥拚命敲腦袋，不知道怎麼辦？

翻到最後一頁，上面寫著「泥泥公主的情人排行榜」，名單上包括歌手凱凱、韓星林俊昊、田逸豪大哥……

★泥泥公主的情人排行榜

放學了，同學一個個走出教室，田芳瑜趕著要去補習班，先走了，賴佩珊和王禮涵那群人互相叫囂著，「走啦！去喝珍珠奶茶，慶祝賴佩珊考了一百分。」

賴佩珊回頭看她喜歡的男生坐在位子上沒有動，叫他，「袁大乘，一起去啦！我請客。」

袁大乘搖搖頭，「我不喜歡珍珠奶茶，我不想去。」

偷偷喜歡賴佩珊的王禮涵說，「他不去就算了，不要勉強他。」

教室終於歸於寧靜，泥泥沒有想出辦法前，還是不想移動身體。沒想到，袁大乘卻走了過來，「泥泥，妳不要在意他們說的話，我覺得他們太過分了。」

泥泥嚇了一跳，平常袁大乘都不太理人，尤其不喜歡跟女生說話，說女生都是一群投胎轉世的鴨子，才會那麼聒噪。他怎麼會跟她說話？

「他們笑我，我才不在乎。我只是怕回家挨我媽媽罵，我不希望讓媽媽傷心，覺得我沒有用。而且，我已經沒有力氣做那麼多家事了。」泥泥也不知哪兒來的衝動，跟袁大乘說她如果考不好，就會被罰做家事的祕密。

「那我陪妳回家好了，我跟妳媽媽說，妳其實很用功，只是對英文沒興趣。如果妳真的想把英文學好，我可以請我姐姐免費教妳，我的英文就是她教的。她說，先要對語言產生興趣，學起來才不會困難。」

有人陪伴，讓泥泥覺得勇氣百倍，她想，這一定是上帝同情她，派給她的天使，否則，袁大乘為什麼會突然幫助她？

背起書包，兩個人一起走出教室，穿過校園，袁大乘跟她分享剛開始學英文的趣事，「我姐說我念英文，好像塞滿一嘴的生煎包，大概是我平常太愛吃生煎包了。」

「我也愛吃生煎包，我知道附近有一家很好吃。下一次我考了一百分，得到獎金，我請客。」泥泥興奮的提供意見。

經過泡沫紅茶店，當賴佩珊看到袁大乘跟泥泥走在一起，氣得差點要休克，不顧一切衝出來，大喊，「袁大乘，你趕快來喝梅子綠茶，我已經幫你點好了。」

袁大乘還是搖搖頭，「我沒有空，我要陪孟泥泥回家。」

泥泥回頭對賴佩珊扮了一個鬼臉，她知道，這下子她跟賴佩珊結下的不是普通小仇，而是血海深仇了。

可是，認識了袁大乘這個朋友，還是讓她覺得很快樂。接近家門，就在巷子口遇到媽媽，媽媽微微皺眉，「怎麼現在才回來？家裡很忙，妳知不知道？」

「我今天考英文，我……我……」泥泥「我」了半天，還是說不出來。

袁大乘幫她說，「孟媽媽，妳不要怪泥泥，她英文考不好，我姐姐會幫她補……」

「什麼孟媽媽？亂說話。我是李媽媽，真不懂事。」媽媽氣呼呼丟下一句話，「泥泥，趕快給我回家。」就走了。

泥泥很愧疚的面對袁大乘，「對不起，我忘了告訴你，我爸爸不在了，我媽媽嫁給了李叔叔，所以她不是孟媽媽，她是李媽媽。謝謝你陪我回來，反正要挨打挨罵，我都習慣了。泥泥公主我，什麼苦都不怕。」

袁大乘望著她，「妳……」了半天，有些不好意思，很快的握了一下她的手，「我明天早上來等妳一起去學校。」然後，快速跑走。

泥泥呆呆的望著他的背影，好感動喔！眼睛裡霧霧的，好像要下雨了。這個世界上，還是有好人的。袁大乘就是一個好人。

家裡真的很熱鬧，穿梭不停都是人。媽媽最近很愛請客，一下子買彩券中獎，一下子股票大漲，今天不知道又是什麼事？

只見弟弟佳龍穿了新T恤，手上拿著玩具，跑來跑去，她抓住弟弟問，「阿姨今天為什麼請客？」

佳龍晃晃手中的玩具，「因為我考了一百分。媽媽說李家出了一個天才，嘻嘻，我是天才。」

泥泥以前不知道考過多少一百分，媽媽若是心情好，偶爾會給她十塊二十塊錢，但大多數是連一聲讚美都沒有，好像她考好是理所當然。更不要說為了她請客慶祝了。媽媽真的很偏心。

但泥泥還是很感激弟弟考了一百分，因為媽媽太高興，就忘了處罰英文考四十八分的泥泥，只淡淡說：「下一次再努力。」

洗完澡，坐在桌前，泥泥翻開英文課本，眼前出現了袁大乘亮晶晶的眼，好像窗外的星星，他說得很對，她先要對英文感興趣，才會學得好。如果可以每天跟袁大乘一起學英文，大概她的心情會很好，心情好，學習效果也會好。不過，賴佩珊的心情大概就不會好了。

也不能怪她，她也不是故意搶賴佩珊的心上人，是袁大乘主動找她的。賴佩珊就常常說，「妳這個泥巴公主，只能配癩蝦蟆。」沒想到，比癩蝦蟆要帥得多的袁大乘，竟然會喜歡她。

泥泥拿出她的日記本，翻到最後一頁，上面寫著「泥泥公主的情人排行榜」，名單上包括歌手凱凱、韓星林俊昊、田逸豪大哥……，然後，她很慎重的把袁大乘也加進去。

只不過，排名第一的情人還是從缺。

★鈔票長翅膀了？

單單這星期，就少了兩千多塊，難道鈔票長翅膀了？

班會時，導師問全班同學，每個月有多少零用錢？

大家紛紛舉手，熱烈搶答，好像參加有獎徵答一樣。

結果，零用錢最多的同學是于新蕙，她爸爸在大陸做生意，兩三個月才回來一趟，所以，幫她在銀行開了一個戶頭，她隨時需要錢，就可以用提款卡領錢，要用多少就領多少。因此，沒有一個同學比得上她。

大多數同學都是每個月五百元到一千元之間，只有泥泥，她沒有零用錢。導師問她原因，泥泥站起來說：「我媽媽說，家裡有吃的穿的，為什麼還需要零用錢？」

「可是，萬一妳臨時要買東西，或是要搭公車，怎麼辦？」導師又問。

「我有許多好朋友，他們都會幫助我。」泥泥大聲回答。

導師沒有再繼續問她，可是，泥泥坐下來，卻聽到周遭同學竊竊私語，「她不是她媽媽生的啦！當然沒有零用錢，聽說她弟弟才小一耶，每個月就有一千元零用錢。」

泥泥回頭瞪他們，他們才閉上嘴。泥泥心裡還是有點難過，她知道，媽媽偏心弟弟，她也希望自己擁有自由支配的零用錢，可是，爭取了好幾次，媽媽都說：「有本事，每科考一百分。要不，等妳上國中了再說。」

一、二年級，考一百分不難，多少可以領到一點獎學金。但是現在六年級了，要考一百分，真的比登天還難。

放學的時候，袁大乘走過來問她，「妳真的沒有零用錢啊？那妳可以自己打工賺錢，像我幫我媽媽擦窗子、洗碗，就可以領到工資。」

泥泥搖搖頭，「沒有用的，我媽媽說，她都沒跟我收飯錢，我好意思跟她拿洗碗錢，我不洗碗，還會挨揍呢！沒關係，我是公主泥泥，上帝會派天使照顧我，我不會餓死的。」

可是，弟弟佳龍卻一點也不珍惜爸媽給他的零用錢，打電動、買漫畫、吃冰淇淋，全部花光了。他趁李叔叔不在，媽媽在煮飯，偷偷用椅子把櫥頂的餅乾盒拿下來，偷拿盒子裡的家用錢。

泥泥剛好經過看到了，制止他，「龍龍，你在做什麼？」

「我拿錢，怎麼樣？妳不敢吧！」佳龍被逮到，非但不臉紅，還理直氣壯，「媽媽說，以後李家的錢都是我的，我為什麼不可以拿？妳去告狀啊！我不怕。」

這明明就是偷竊的行為，要不然，媽媽為什麼把餅乾盒放那麼高？可是，泥泥知道，告訴媽媽，媽媽非但不會罵佳龍，還會怪她，「妳這個做姐姐的，為什麼不管管妳弟弟？他變成小偷，妳臉上會光彩嗎？」

所以，泥泥只是嘆了口氣，搖搖頭，決定假裝沒有看見。

誰知道，媽媽還是發現錢變少了，吃飯時，她問李叔叔，「志高，你有沒有拿我餅乾盒子裡的錢？」

李叔叔搖搖頭，「我拿錢都會跟妳說的。」

媽媽又問泥泥和佳龍，大家都搖頭。媽媽卻說：「不對，前兩個月我就覺得怪怪的，所以我每天開始記帳，單單這星期，就少了兩千多塊，難道鈔票長翅膀了？」

「要問什麼吃完飯再問，弄得大家都沒胃口了。」李叔叔夾了一口番茄炒蛋往嘴裡送。

泥泥低頭吃飯，就怕接觸到媽媽的眼神，她忍不住就會說了實話。可是，媽媽卻不放過她，「泥泥，妳說，妳每次都吵著要零用錢，是不是妳拿的？如果不說實話，我連妳弟弟兩個一起處罰。」

佳龍怕媽媽氣起來發飆，他會遭到池魚之殃，連忙說，「是姐姐拿的，我看到她偷偷摸摸去你們房間。」

泥泥整個人呆掉，嘴裡的紅燒肉來不及吞下去，差點噎到。沒想到，佳龍竟然惡人先告狀，明明是他偷的，竟然賴到她身上。

「才不是我，是……」泥泥說不下去了，如果媽媽知道是佳龍偷的錢，媽媽不但會傷心，而且也會左右為難，因為不處罰的話，佳龍會變本加厲，可是，媽媽又捨不得打弟弟。反正泥泥常常挨打挨罵，早就習慣了，就替弟弟背黑鍋吧！

「是什麼？妳偷錢還有理由，我現在不管妳，以後妳就去偷銀行搶國庫了，那是要被槍斃、坐牢的啊！過來！」媽媽用力擱下碗筷，叫泥泥到客廳去。

「妳是用哪一隻手偷的？」媽媽問。泥泥不說，她不能冤枉自己的手。結果，媽媽拿起棍子渾身亂打，「妳認不認錯？說啊！妳為什麼偷錢？」

她怎麼能說，她是替弟弟背過，又不是真的犯錯。泥泥決定要像情報員，寧願被打死，也不鬆口招供。媽媽見她緊閉著嘴，打得更凶，還是李叔叔看不過去，過來搶下棍子，「妳這樣會打死人的！」

「打死算了，這樣的小孩，不要算了。我為她吃那麼多苦，她真是天生下來要氣死我的。氣死她爸爸不夠，還……」媽媽喘了一口氣，對著泥泥怒吼，「妳給我滾出去，我不要看到妳！妳出去！」媽媽用力拉起泥泥，把她推到門外去，「砰」的一聲關上門。

她還沒有吃飽飯呢！她還有好多功課要寫，她不要被關在外面，好丟臉，明天就會全班，不，全校都知道。

可是，這又不是她的錯。

弟弟趴在窗口，跟她扮鬼臉，竟然沒有一點感激的意思，太過分了。可是，她現在即使說破嘴，媽媽也不會相信了。

時間一分一秒的過去，屋裡傳來韓劇的聲音，她比女主角還可憐，沒有一個人瞭解她。

蚊子好多，咬得她到處都癢，泥泥一步、兩步走離家門，看看有沒有人會追出來？沒有，什麼動靜都沒有。五步、十步，還是沒有開門聲。二十步、三十步……她繼續往前走，沒有人關心她的死活，如果她現在被外星人抓走，肯定也沒有人知道。

走到巷口的便利商店，燈火輝煌，常常跟她聊天的店員葉子，今天沒有輪班。低下頭來，便利商店門口的地上靜靜躺著一張紅色百元鈔，她撿了起來，左右張望，沒有人出現，是誰掉了錢卻不知道？還是，這張鈔票跟她一樣，想要悄悄的離家？

往家裡的方向看，依然沒有人追出來。

泥泥朝天空望了望，有顆星星閃啊閃，難道這是天使送給她的鈔票，要她想辦法逃走？

★星星陪她一起流浪

抬起頭來，那顆閃亮的星星，也在跟她眨眼睛，好像是說，泥泥，放心，我會照亮妳的路。

一百元，能做什麼呢？

泥泥努力發揮創意。買食物填飽肚子嗎？換零錢打電話求救嗎？還是，遠走高飛，讓媽媽眼不見為淨？

如果逃得太近，媽媽很快就會找到，一定要遠一點。那只有……田逸豪，芳瑜的哥哥囉！這張百元鈔，剛好夠買車票到他住的宿舍。

上次逸豪大哥開車載她跟芳瑜兜風時，特地帶她們參觀他的宿舍，好舒服的小套房，當時逸豪大哥就說，「泥泥，哪一天妳想蹺家，可以躲到我這裡，我一定幫妳保密。」芳瑜還罵她哥哥，「你不要亂說話，泥泥真的會跑來的。」

「我開玩笑的，要轉那麼多趟車，她哪裡找得到？」逸豪大哥隨口就說了要搭什麼車轉什麼車，真的很複雜。泥泥就憑著這一點記憶，搭了客運，轉了火車，又搭公車，一百塊剛好只剩五塊錢。

要打電話給逸豪大哥來接她嗎？萬一他不在，她僅剩的五塊錢就沒了，況且那麼晚，逸豪大哥一定在家的。

抬起頭來，那顆閃亮的星星，也在跟她眨眼睛，好像是說，泥泥，放心，我會照亮妳的路。不怕不怕，妳是公主泥泥，一定會找到證明妳清白的水晶球。

逸豪大哥的陽臺欄杆，掛了一面用許多候選人旗幟做成的大旗，泥泥不用擔心認錯人家。可是，她按了許多次的門鈴，卻沒有人應答。附近也沒有看到逸豪大哥的吉普車，他真的出去了。

她試著按了別戶的門鈴，「對不起，我是住在五樓的，我忘了帶鑰匙……」，對方問都沒問，就開了門。

泥泥坐在逸豪大哥的門口，希望可以等到他回家。樓梯間很熱，又有蚊子，泥泥只好不斷抖著腳，「太過分了，我晚飯才吃了兩口，你們還要欺負我，吸我的血…」劈劈啪啪打死了好幾隻蚊子。

樓梯間的小小窗口，可以看到那顆星星沒有離開，讓泥泥的懼怕稍稍減低了。

因為搭了很久的車，有點累了，泥泥克制不住趴在自己的膝蓋上睡著了。

「你是誰家小孩，怎麼在這裡睡覺？」不知過了多久，泥泥剛剛夢見自己正在吹冷氣吃芒果冰，就被叫醒了。

她擦了擦嘴角的口水，抬起頭，半睜著眼，還搞不清楚自己在哪裡，面前的逸豪大哥嚇得大叫，「泥泥，是妳，妳怎麼跑來了？天哪！我真不該亂說話，妳真的來了。妳趕快進來吧！」

洗了一把臉，泥泥總算清醒一些，逸豪大哥問她，「到底怎麼回事？妳媽媽知不知道妳來我這裡？」

「我快要餓死了，你有沒有泡麵給我吃，吃飽了我才有力氣說話，因為故事太長了。」泥泥先為自己鬧空城許久的胃發言。

泥泥仔細的說完她的冤屈，逸豪大哥也很用心聽，「妳怎麼這麼傻，要為妳弟弟背黑鍋？妳每次幫他扛，只會害了他，也害了自己。」

「弟弟是媽媽的寶貝，媽媽打他，她自己哭得比弟弟還傷心。我不要讓媽媽傷心，所以，我決定不回去了，我可以幫你煮飯洗衣服打掃，你只要給我一百塊，還給那個掉錢的人……」

「不行，不行！」逸豪大哥猛揮手，「我這是男生宿舍，妳一個小女生住在這裡，我會被妳媽媽打死的。我還是打電話給妳媽媽。」

「不要！你如果打電話，我就再跑走，讓所有人都找不到。」泥泥堅定的說。「我把你當作哥哥，你一定要保護我，你不能出賣我。」

「好吧！」逸豪大哥勉強點頭，「今天也晚了，妳先睡覺吧！明天再說。」

逸豪大哥關了燈，屋裡黑了，睡在沙發上的泥泥望著窗外的星星，想念著自己的家，「小星星啊！流浪到底好不好玩？你為什麼流浪了那麼久還不回家？」

醒來時，太陽已經取代了星星的位子，泥泥伸了懶腰，四處走動，逸豪大哥不在屋裡，留了一張紙條給她，「泥泥，妳先刷牙洗臉，我去買早

餐了。」

梳洗乾淨，泥泥坐在沙發上，晃著腳，有些不自在，牆壁上的鐘告訴她，這時候她應該正在上學路上。

「叮噹！」門鈴響了，她似乎聞到漢堡夾蛋的香味。打開門，逸豪大哥的身後，露出了媽媽的臉。

泥泥嚇死了，也氣死了，「逸豪大哥，你出賣我！我再也不要理你了！」她準備衝出門去。

媽媽緊緊抱住她，「泥泥，是阿姨不好，阿姨都知道了，我已經罰佳龍一個月不能領零用錢，妳跟阿姨回家吧！」

逸豪大哥也說：「泥泥，為了找妳，李媽媽一個晚上沒有睡覺。」

泥泥低下頭，「對不起，阿姨！」她在自己眼睫間，彷彿看到那顆回家的星星，閃啊閃。

★我的王子在哪裡？

提到愛情降臨的徵兆，心跳加快、呼吸急促、臉頰泛紅、朝思暮想、食不下嚥，甚至睡不著覺。可是，她沒有這些現象，反而睡得更熟，吃得更多。

泥泥離家出走的消息，很快就傳了開來，剛到學校，芳瑜就緊張兮兮拉住她，「等一下一定有人會問妳，昨天為什麼沒有來上課？妳什麼都不要說。因為昨天晚上就有人打電話問我這件事，我就說我什麼都不知道。」

泥泥皺了皺眉，真不喜歡這些同學，像狗仔隊一樣，只對八卦有興趣。不過，她是公主泥泥，才不怕同學的刁難。

所以，當她踏進教室，賴佩珊故意大聲說：「啊？昨天晚上有人不回家，跟男生住在一起，真是本校之恥。」

「本公主微服出巡，只不過小小探險一下，有什麼好大驚小怪的？怎麼？妳是嫉妒我，還是羨慕我？不要自己不敢做，就嘲笑別人。無聊！」泥泥一反常態，沒有否認，也沒有閃避，如同逸豪大哥說的，如果只想做軟腳蝦，就會被人吃定。

賴佩珊「我……我……」半天，接不下去了。王禮涵討好似的幫她解圍，指著泥泥說：「她本來就是沒人要的棄嬰，只好到處流浪了。」

泥泥抬起下巴，「流浪也需要本領，換了你們，只有活活餓死的份。」

班長過來勸阻，「好了，不要吵到大家早自習，回自己位子坐下。」

泥泥放好書包，只見袁大乘跟她豎起大拇指，她揮了揮手，像公主答禮，緩緩坐下，其他同學忍不住笑了起來。

「那妳乾脆去流浪，死在外面，永遠不要回來。」賴佩珊不甘就此休兵，轉過頭小聲說，好像她是泥泥的媽媽。

「今天有作文課，也是我最喜歡的課，我才不想放棄，妳害怕，妳走啊！」泥泥也用氣聲說。

上次作文課，老師出了一個題目「最想實現的夢想」，要大家談談小學六年來，有什麼夢想沒有實現的，想當模範生、想考前五名、想參加演講比賽、想出國旅行……都可以寫下來，也許，可以利用最後一年，努力實現夢想。

她很好奇，同學們都寫了什麼？她是不是又是全班最高分？

老師發完簿子，分享他的心得，「這次大家都進步很多，不管以後升學考不考作文，你們都要記住，中文是全世界最美的文字，全世界已經有八十幾個國家學中文，你們要加油囉！」

因為最高分的三位同學，老師會請客看電影，所以，大家都拭目以待，看看這次獲獎的是誰。尤其是泥泥，她沒有零用錢，只好每次靠著得獎爭取看電影的機會，況且，她唯一能贏大家的只有這一個科目，她絕不能落空。

老師望著大家，笑嘻嘻的說，「你們都發揮了不錯的想像力，有的同學希望攀登臺灣的每一座山，有的同學希望發明一種不會罵人的藥，有的希望蓋一所給窮人念的學校，有人希望幫助一百個人……不過，老師只能請三位同學看電影，那就是袁人乘，他的文筆清新，很多句子別出心裁，還有賴佩珊，她的進步最多……」

泥泥一聽，臉都綠了，怎麼會是她的死對頭賴佩珊，這下她大概沒希望了。不要緊張、不要緊張，她拍拍自己胸脯，還有一個名額，一定是她啦！

「另一個同學是余桂花，她想要幫助一百個人的心意感人。」老師宣布最後一個名單時，田芳瑜比泥泥還急，連忙問，「老師，那孟泥泥呢？」

「孟泥泥？嗯……」老師遲疑一下，「她的文筆沒問題，可是，主題怪怪的，她最想實現的夢想竟然是找到一個真正喜歡的人……，老師覺得，你們還小，現在還不適合談戀愛。」

賴佩珊故意轉過頭去跟袁大乘說，「喂！你不是孟泥泥最喜歡的人耶，你一定很失望吧！」

王禮涵也火上加油，「她根本就是水性楊花，誰喜歡她誰倒楣。」

「對嘛！她還真以為她是公主，可以挑選她的白馬王子。」李秀華撇撇嘴，加入迫害泥泥的陣容。

泥泥不甘示弱，反脣相譏，「我是實話實說，不像有些人，每天偷偷摸摸喜歡別人，心裡想得要命，卻不敢說出來。」

老師眼看要引起戰火，立刻制止，「好啦！下次辯論比賽就派你們參加。現在老師要宣布這次的作文題目了，沒有得獎的，繼續加油。」

寫在黑板上的題目是「我的明天比昨天更美」。

同學開始怨聲載道，「老師，這個好難寫啊！我都看不懂。」

「老師，再多出一個題目讓我們選啦！」

「老師，女生才愛美，男生才沒有美不美的問題。」

老師嘴角帶著淡淡笑意，「這沒有什麼難，動動你們的小腦袋，想一想，也許跟容貌有關，也許跟時空有關，也許跟環境有關……，盡情想像，天馬行空的寫。」

大家翻開作文簿，開始絞盡腦汁，只有泥泥開心不起來，擔心袁大乘誤會她。其實，她喜歡他，就像喜歡逸豪大哥、歌手凱凱是一樣的，只是，他們都無法帶給她浪漫韓劇的那種感覺。

因為，她看過一本愛情小說《玫瑰巧克力》，提到愛情降臨的徵兆，心跳加快、呼吸急促、臉頰泛紅、朝思暮想、食不下嚥，甚至睡不著覺。可是，她沒有這些現象，反而睡得更熟，吃得更多。

放學時，袁大乘果然沒有看她一眼，自己一個人走了。田芳瑜戳戳她的背，「妳還不去跟他說，不然誤會就大了，等他倒向賴佩珊，妳後悔就來不及了。」

「可是，感情不能勉強啊！何況，我只是這樣想想而已，又不是真的要採取行動！」泥泥雖然這麼說，可是，看著袁大乘落寞的背影，她竟然有想哭的感覺，如果失去他這個朋友，她真的會睡不著。

★王子跟我一起吃生煎包

共同經歷苦難的意思，就是一起登山失事、一起關在電梯裡、一起食物中毒、一起遇到大地震、一起淹水、一起感染疫病……這樣才能確定他的愛是真是假嗎？

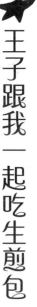

晚上寫完作業，泥泥正準備看她喜歡的韓劇，老師竟然到她家進行家庭訪問，媽媽很緊張，以為泥泥又闖禍了，「老師，不好意思，泥泥經常給你找麻煩。」

老師看看泥泥，欲言又止，媽媽叫泥泥回房間，「可是，我要看韓劇。」泥泥不肯。

「看什麼看！進房間去，大人講話小孩子不要聽。」媽媽的眉頭皺成

了御飯團，這就是暴風雨的前兆，泥泥只好嘟著嘴回房。然後，故意漏了一個門縫，想要偷聽老師打她什麼小報告。

其實不聽她也猜得到，一定是說她寫作文的事。老師真的太不上道了，他不知道時代不同了嗎？泥泥就在校園看到小四的男生親女生，小六的女生抱著男生說他是她的小太陽。

果然，老師要媽媽提高警覺，「泥泥太早熟，我怕她偷嘗禁果，做了小媽媽。她是個聰明的孩子，有大好的前途，這樣會毀了她的一生。」

「老師，我知道，我自己就是十五歲談戀愛，十八歲結婚的，才會糊里糊塗嫁給一個短命男人。我會注意她的。」

媽媽說得坦白，老師很不好意思，「我不曉得妳是……我沒有說早婚不好……」尷尬的直抓頭。

媽媽話鋒一轉，化解了老師的窘迫，「不過，還是謝謝老師親自跑了一趟，至少，我知道泥泥喜歡的是男生，不是女生，這讓我放心不少。」

老師走了以後，泥泥走出房門正想打開電視，媽媽卻阻止她，「等一等，泥泥，阿姨先問妳，是不是有男朋友了？不要騙阿姨。」

「我就是還沒有遇到，才會在作文裡許下願望。」

「那就好，記住，沒有結婚以前，不可以讓男生在妳身上摸來摸去，那樣會出事的。」

「那妳是不是讓爸爸在妳身上摸來摸去，才會那麼早結婚的？」

媽媽氣得舉起手作勢要打，「妳這個小孩，亂說話。算了，反正妳記住阿姨的話，真正值得託付一生的人，必須是跟妳共同經歷苦難以後，妳才能確定他是不是妳的王子。」

共同經歷苦難的意思，就是一起登山失事、一起關在電梯裡、一起食物中毒、一起遇到大地震、一起淹水、一起感染疫病……，這樣才能確定他的愛是真是假嗎？

那麼，一起吃她討厭的苦瓜、紅蘿蔔，算不算經歷苦難？

上床以前，泥泥想了想袁大乘，想了想逸豪大哥……，很快就睡著了，夢裡，泥泥又見到奇怪的百貨公司，但是櫥窗模特兒的臉不再是媽媽的，而是袁大乘的，很哀怨的對她說，「我那麼喜歡妳，妳為什麼不喜歡我？」

泥泥決定要跟袁大乘把話說清楚，不然她會天天做惡夢。

可是，袁大乘的座位是空的，老師說他生病了，王禮涵幸災樂禍說：「我看他是得了相思病，天哪！為泥泥這種人，太不值得了，滿街都是……」

望著袁大乘始終空著的位子，泥泥變得心不在焉，她好怕袁大乘就這樣病死了，她永遠沒有機會見到他，他會帶著遺憾離去，會變成一股冤魂，繞著她不散。

好恐怖喔！

放學後，顧不得晚回家會挨罵，泥泥決定去袁大乘家一趟，還特別用她存了很久的錢，買了五個袁大乘愛吃的生煎包。

他家住的是兩層樓的透天厝，他的房間在二樓最後面，窗簾拉上了，有點暗，他躺在床上，呼吸很急促，臉也紅紅的，好像戀愛了一樣，其實他是在發燒。

「你昨天還好好的，怎麼突然生病了？」泥泥擱下生煎包。

「謝謝妳來看我。」袁大乘低聲說，「妳說妳很喜歡蝌蚪，想要養蝌蚪，我聽說附近池塘裡有蝌蚪，想去抓給妳，卻掉進池塘裡，結果沒被淹死，但卻著涼了，要打針、要吃好多藥，好苦……」

泥泥眼淚都要掉下來了，袁大乘根本沒有責怪她的意思，只想讓她高興，這麼好的男生，用一百萬她也不換。她鼓起勇氣，說：「我陪你一起吃苦苦的藥，我要跟你一起經歷苦難。」

袁大乘卻說：「我們還是一起吃生煎包吧！是妳家附近那家買的，對不對？」

輕輕咬了一口，肉汁流了出來，流進了胃裡，溫暖的感覺，好像一條小溪，流過乾涸的田地。

★泥泥公主落難

她如果不工作，就會被處罰跟蟑螂、老鼠住在一起，為了早日跟國王、王后重逢，她只好搏命演出。

袁大乘生病痊癒，又回到班上來，泥泥高興得整天聒噪不休，好像教室飛來了上千隻的痲雀。

王禮涵故意要討好賴佩珊，走到泥泥座位旁，大聲說，「你們女生就是嘴巴大，傷風感冒有什麼了不起，我哥上次住院開刀都沒怎麼樣，那才叫了不起，妳不要少見多怪！」

不等泥泥反擊，已經激怒其他女生，于新蕙首先發難，「王禮涵，你很辜負你爸啊，取這個名字，說話一點也沒禮貌。你媽也是女生，你敢說她嘴巴大嗎？」

「是啊！」田芳瑜也搭腔，「你敢說音樂老師嘴巴大嗎？你敢說校長嘴巴大嗎？」

「好了！算我說錯話，我爸說的，好男不跟女鬥。」王禮涵坐回自己位子。

賴佩珊斜斜看他一眼，哼了一聲，「人家袁大乘就比你會說話，你就不會學人家。既然你說女生不好，那你以後放學不要來找我。」

反常的，泥泥卻沒有開口加入戰局，因為她想到了李叔叔和媽媽今天早上的對話，媽媽罵他賴在家裡不去上班，李叔叔回了一句，「你們女人懂什麼？」媽媽氣得眼淚鼻涕外加拳打腳踢，「冤枉我跟了你這麼久，你有沒有良心啊？說我們女人不懂，你們男人就有點骨氣啊？」

最近媽媽和李叔叔吵架的次數愈來愈多，泥泥隱約感覺到，家裡一定出了什麼事，難道是李叔叔失業了？

放學回家經過日昇雜貨店，泥泥靈機一動，老闆娘的先生跟李叔叔在同一家工廠上班，也許他會知道事情真相。

果然，簡叔叔說：「妳不知道嗎？妳李叔叔已經失業兩個月了。沒辦法，老闆準備把公司轉去大陸，所以把臺灣的工廠關掉，還好，我有這間雜貨店……」簡叔叔搖搖頭，不勝唏噓。

泥泥邊走邊想，難怪媽媽常發脾氣，那她要加倍小心，不能惹媽媽生氣，她要洗更多的碗，洗更多的衣服。

剛剛進門，放下書包，泥泥肚子有點餓，打開冰箱想要看看有沒有東西吃，對著一碗滷雞腿嚥了嚥口水，媽媽就在她身後大吼，「泥泥，不要天天只知道吃，這個家都快給妳吃倒了。好端端的妳李叔叔失什麼業，剋死妳爸爸還不夠，妳還要剋妳李叔叔……當初真不該把妳留下來！」

泥泥背脊一冷，好像蛇爬過去。媽媽心情不好，就會把氣出在她身上，她又不是李叔叔的小孩，怎麼會對李叔叔不利？但是，她敢怒不敢言，趕緊關上冰箱，撒了小謊，「我只是想看看有什麼菜要幫忙洗一洗？」

「妳少打雞腿的主意，那是留給佳龍的。妳換條褲子，跟我去市場擺地攤。」媽媽從房間拎了兩個大布包出來。

「可是，我有好多功課，還有還有……」她不敢說她想看電視劇。

媽媽眼睛一瞪，好像要把她釘在牆壁上，「家裡都快撐不下去了，還念什麼書？靠妳李叔叔，我們都要餓死了。如果妳用力叫賣，早一點把皮包賣完，妳就可以早點回來寫功課。」

泥泥知道爭辯沒有用，況且，媽媽也很辛苦，她怎麼能夠自己躲在家裡享福。

鎮上只有一個市場，白天賣菜賣魚，晚上賣小吃還有衣服鞋子，再加上是縱貫公路的必經之路，附近又有一所大學，所以，人來人往，非常熱鬧。

媽媽在一家內衣店前面租了一個位置，在地上鋪了布，要泥泥幫忙把所有皮包按照顏色擺出來。泥泥覺得每個皮包都好漂亮喔！尤其釘滿金色珠珠，帶著金鍊子的方包包，參加王子舉辦的舞會，一定很出色。她想得入神，彷彿自己正跟王子翩翩起舞，所有人都用羨慕的眼神望著她。

「泥泥，動作還不快一點，發什麼呆，趕快大聲叫賣啊！」

泥泥很怕同學經過，剛好遇到，那多糗啊！「我幫忙收錢就好了。」她低聲說。

「妳數學那麼差，把錢算錯了怎麼辦？這裡扒手又多，阿姨不放心妳收錢。妳平常不是很會寫作文，想想看，要說什麼才可以把包包賣掉？快啊！大聲喊啊！」媽媽的臉一垮，好像快要融掉的冰淇淋。

「妳自己不敢喊，就要我喊！」泥泥抗議著。大人就是這樣，自己不敢做的事，就要小孩子打前鋒，她也會害羞，也會不好意思。

眼看著逃不掉這個不可能的任務，泥泥只好幻想自己是個落難公主，被主人虐待，她如果不工作，就會被處罰跟蟑螂、老鼠住在一起，為了早日跟國王、王后重逢，她只好搏命演出。

說也奇怪，剛開始泥泥喊得很小聲，就像蚊子叫，慢慢的，有人圍過來，她興奮起來，愈喊愈大聲，把每個不同顏色不同款式的包包介紹得與眾不同、絕無僅有，錯過了將是此生遺憾。

「大姐姐，妳拿這個米黃色的包包去約會，男朋友一定會立刻愛上妳。」泥泥對著一個猶豫不決的苗條女生說。

苗條女生的眼睛一亮，「真的嗎？我男朋友去服兵役，我要去參加懇親會，我要給他好印象……」

突然，有人拍了泥泥一下，她回頭一看，嚇得心臟都要從嘴巴裡跳出來，竟然是賴佩珊跟她媽媽一起來逛夜市。

「孟泥泥，我媽說你們在賣仿冒皮包，我要去檢舉你們。」賴佩珊故意說得很大聲，想要破壞他們的生意。

不過，顧客們好像並沒有受到影響，挑皮包的動作稍稍遲疑一下，又繼續翻找、挑選。賴佩珊又說：「妳平常不是最喜歡說，做人要誠實，結果自己就是騙子，一家都是騙子，袁大乘知道了，一定會覺得很丟臉，怎麼會有妳這樣的朋友。」

「我不知道這是仿冒皮包，是別人批發給我阿姨的。妳走開，不要在這裡搗亂，妳走開啊！」

泥泥用力推賴佩珊，想把她推走，賴佩珊不小心摔了一跤。她媽媽尖聲怪叫，「妳這個野孩子，沒有爸爸媽媽管了！」她順手抓起一個包包，敲打著泥泥，旁邊的顧客擔心惹禍上身，趕緊走開。

泥泥回頭跟媽媽求助，「阿姨……」

未料，媽媽過來就甩了她一個巴掌，「要妳來幫忙，不是要妳來搗亂的，哭什麼哭？」

賴佩珊眼看著計謀得逞，跟她媽媽很快就溜走了。

泥泥揉著發燙的臉，含著眼淚委屈的問媽媽：「妳為什麼要賣仿冒皮包？讓我在同學面前抬不起頭來……」

「我這些皮包又不是偷來搶來的，我也是花錢批來的，為什麼不能賣？況且，我不賣，別人也會賣。搞不好妳那個同學是嫉妒你。快點動作了，把皮包重新擺好，不然妳今天晚上就不要吃飯。」

泥泥心想，不吃飯就不吃飯，餓死算了，說不定到時候媽媽又會抱著她大哭，「泥泥，妳不能死，媽媽沒有妳……」不對，是「阿姨沒有妳，就活不下去了！」會這樣嗎？媽媽比較擔心的是佳龍吧！媽媽可以為佳龍死，而她卻要為媽媽死，好像不太公平。

拿起皮包，泥泥有些意興闌珊，覺得路過的人都在看她，好像她站在皇宮的大廳裡接受審問，所有人指著她，像打雷一樣的聲音在周圍響起，「妳為什麼要冒充公主？妳為什麼要冒充公主？」

★天使從天而降

投稿報紙的稿費太少，而且緩不濟急，去打工年齡又太小，作檳榔西施又不夠豐滿，怎麼辦呢？

因為到夜市擺地攤很晚回家，泥泥功課沒寫完就睡著了，作業沒有交，上課忍不住打瞌睡，老師叫了她幾次，她還是忍不住瞌睡蟲的侵襲，乾脆趴在桌上睡著了。

老師以為泥泥身體不舒服，把她叫醒，「泥泥，你去醫務室請護士阿姨幫妳量一下體溫，看看是不是生病了？」

泥泥揉揉眼，抬起頭，「老師，沒有關係，我可以撐一下，我不想錯過國語課。」忍不住又打了一個大哈欠。

賴佩珊不懷好意說：「老師，孟泥泥根本沒有生病，她在市場賣仿冒皮包，她只想賺黑心錢，她根本不想念書。」

李秀華也跟著附和，「對啊！老師最痛恨不環保，不愛護生態，賣仿冒品的人，孟泥泥還明知故犯，根本就是瞧不起老師。」

同學開始議論紛紛，爸爸當警察的袁大乘丟了一個紙條給她，上面寫著「是真的嗎？」泥泥低下頭，她不能否認，因為這是事實。

「大家專心上課，孟泥泥，下課到老師辦公室。」同學的騷動暫時平息，賴佩珊撇撇嘴，跟李秀華扮了一個鬼臉，再看看袁大乘臉色凝重，更是笑得很得意。

當老師明白泥泥因為家庭經濟出了問題，所以才幫媽媽到市場賣包包，嘆了一口氣，「妳能夠幫媽媽忙，讓老師很感動，不過，妳還是要找機會勸勸媽媽，如果因為賣仿冒包包被警察抓了，被罰的錢可能比賺的錢更多，要小心喔！而且每天這麼晚回家，也會影響妳上課無法集中精神。」

果然，放學的時候，袁大乘看也沒有看泥泥一眼，就獨自走了，又恢復他以前獨行俠的冷酷表情，田芳瑜勸她，「妳應該告訴袁大乘，妳又不是故意的，我們小孩子怎麼敢反抗大人，況且，我看報上說，全臺各地好多賣仿冒包包和手錶，還有盜拷CD的人，政府根本不管……」

「明明知道這樣不對，我幫媽媽賣，算不算為虎作倀？這樣留下了不良紀錄，萬一以後我要選立法委員、選市長或是總統，對手就會用這個攻擊我，不行，我要再想別的辦法，我拒絕再做媽媽的幫凶。」

於是，當媽媽再度命令泥泥一起去夜市擺地攤時，泥泥就找了藉口，

「阿姨，我很想很想幫妳，我也知道家裡需要錢，可是，我明天要考試，老師說再考不及格，就要留在學校打掃，這樣我會更晚回家，更不能幫妳忙了。」

媽媽只好勉強答應，讓泥泥留在家裡。她坐在桌前發呆，想找出其他的賺錢辦法。放眼望去，她房間裡沒有什麼值錢的東西可以變賣，投稿報紙的稿費太少，而且緩不濟急，去打工年齡又太小，作檳榔西施又不夠豐滿，怎麼辦呢？

泥泥背了書包想去田芳瑜家寫功課，順便請教逸豪大哥，聽說他為了節省開支，已經搬回家住了，也許大學生比較有點子、有創意。況且，她也好久沒看到逸豪大哥了，還真想念他呢！

沒想到，逸豪大哥不在家，泥泥哭喪一張臉，「完了，我完了啦！」

田媽媽端了一碗愛玉冰給泥泥，問她，「什麼事這麼緊張？又來找人滅火了？」

「李叔叔失業了，泥泥想要幫忙家裡賺錢。」芳瑜幫她做了解釋。她跟泥泥說：「我哥去面交了，很快就會回來。」

「麵蕉？是一種新品種的香蕉嗎？」

「不是啦！」芳瑜笑得好大聲，「我哥在網路上賣東西，有的用郵寄，有的人當面交貨，就叫做面交。很不錯呢！他現在都靠這個賺零用錢。」

「真的啊？我看過報紙上訪問一個大姐姐，一個月可以賺十幾萬呢！那我是不是也可以在網路上賣東西？」泥泥不由興奮起來，好像黑漆漆的路上有了一道光。

「當然可以，那妳要賣什麼呢？如果東西很特別，說不定生意會很好。」

「妳可以賣貓頭鷹！」田逸豪突然在泥泥身後出現，「上次妳自己用布做了一個貓頭鷹送給小瑜，那個就很適合在網路上賣啊！」

因為芳瑜很喜歡哈利波特，所以泥泥自己親手用碎布做了一隻貓頭鷹，芳瑜喜歡得不得了，還說是她收到的生日禮物裡，最特別的一個。

「可是，我那個貓頭鷹已經送給芳瑜了，怎麼可以拿來賣？」

「妳可以再做啊！現在網路上的貓頭鷹飾品很受歡迎，妳可以試試看。而且，那些零頭布又不需要本錢，少的只是創意。」田逸豪說：「我可以義務幫忙拍照，放在我的賣場裡賣，怎麼樣？夠意思吧！」

「謝謝你，田大哥，你真是一個天使。」她跑過去緊緊摟住他，她以後要找的老公就是要像這樣無條件支持她的。

泥泥立刻採取行動，到附近修改衣服的廖阿姨家要零頭布，回家畫設計圖，剪裁大小不一的布塊，開始動手縫製。為了擔心被媽媽發現，等大家都睡覺以後，她又起床偷偷做。花了三個晚上，她就完成了一隻棕色帶灰白點的貓頭鷹，交給逸豪大哥。

每天上學，她就急著問芳瑜賣掉沒有？晚上睡覺前，也打電話問芳瑜有沒有人上網看這隻貓頭鷹？好像新開店的人，擔心沒有客人上門。

又過了三天，當泥泥快要從失望到絕望時，逸豪大哥打電話給她，「恭喜妳，泥泥，貓頭鷹賣掉了，那個人還問有沒有別種顏色的，他還要買。」

泥泥高興得尖叫，正在看電視新聞的李叔叔回頭罵她，「妳瘋了，跟妳阿姨一樣，整天亂叫亂叫的。」

泥泥小聲問：「賣了多少錢？」這比較重要。

「五百五十元。」

天哪！泥泥又要尖叫了，用力摀住自己嘴巴，她幾乎不敢相信自己的耳朵，這樣繼續下去，三天做一個，一個月賣十個，就有五千多元了。媽媽一定會高興得昏過去，也不會逼她去賣仿冒包包了，她可以賣自己的創意貓頭鷹。

當她把五百五十元交在媽媽手裡，媽媽瞪大眼睛，問她，「這是什麼錢？妳偷了誰的錢？」

她把網路拍賣的故事說給媽媽聽，「我相信，這是上帝派天使來幫助我們家的。」

★他有一張憂鬱的面孔

她剛剛開始有點喜歡袁大乘，把他的排名移到了「泥泥公主情人排行榜」第二名，他竟然要離開她？

自從泥泥發現網路拍賣可以幫忙賺錢，她的星期假日就全部用在製作手工貓頭鷹、貓、狗、兔子……等布偶上面，很少跟同學出去玩，連媽媽也感動得減少她的家事。

說減少，只是不用洗碗，改由失業在家的李叔叔洗碗，可是，泥泥還是要洗衣服、拖地，偶而還要煮飯。

其實，泥泥並不討厭做家事，她把每一件事都當作一種學習，她做得愈多，就懂得愈多，將來才不會被人看扁，才能夠抬頭挺胸。她才不要跟賴佩珊一樣，說什麼讀了大學，就要找一個有錢老公結婚生小孩。

昨天晚上的韓劇裡，男主角跟女主角說，他們要到鄉下找一個地方住下來，他教小朋友畫圖，女主角則開一間小診所，為窮人看病。她看了好感動，她不求大富大貴，也希望將來有一天能跟心愛的男生這樣過生活。

她好興奮的打電話給芳瑜，問她，是否嚮往這種生活？芳瑜卻說：「這太平常了，我還是希望住在豪華的電梯大樓裡。」

「可是，我卻好感動，他們就像住在自己的城堡裡，不用擔心被壞人追殺，即使生活很簡單，那也是一種幸福。」

泥泥在透天厝的二樓一邊晾衣服，一邊在露臺墊著腳尖旋轉，彷彿自己是正在挑選王子的公主。突然，樓下有人叫她，「孟泥泥，你下來一下好不好？」

是袁大乘，他不是全家去臺北玩了嗎？他昨天還問她要不要一起去？泥泥想到一堆家事，還有未完工的手工藝，就拒絕了他。雖然她也好想去臺北看看全世界聞名的101大樓，聽說夏天可以摘到星星，冬天可以摸到雪花。

泥泥用最快速度晒好衣服，確定媽媽不在家，她趕緊走下樓，「你是不是良心發現，想幫我一起做布偶？」

袁大乘牽動了一下嘴角，笑起來怪怪的。他遞了一本製作布偶的書給泥泥，「這是我去臺北在書店看到的DIY的書，聽說臺北很暢銷，也許妳會喜歡。」

「謝謝你。」泥泥拿了書，轉身要進門，袁大乘叫住她，「泥泥，等一下，我……」

「喂！袁大乘，跟我說話不要吞吞吐吐，我是很乾脆的人。」泥泥看

他表情怪怪的，有點煩惱，彷彿快要考試，還沒有念完書的樣子，「你是不是怕被別人聽到，那我們去後面田埂那裡說好了。」

坐在田埂旁的大石頭上，泥泥為了引起話題，跟他說韓劇裡的愛情故事，希望自己有一天也可以遇到這樣的男生。

「泥泥，妳會等我嗎？等我們長大，妳也做我的新娘。」袁大乘突然抬起頭，沒頭沒腦的，很大聲的說。

「什麼？你說什麼？」泥泥摸摸他的額頭，「你是不是發燒了？怎麼說這麼噁心的話。」

袁大乘站起來，「泥泥，我不是跟妳開玩笑，我媽媽常常跟我說，從小就要為將來的伴侶禱告，上帝就會為你預備。我從幼兒園就開始禱告，可是都沒有碰到一個喜歡的女生。一直到認識妳，我就覺得自己很喜歡妳。可是，現在，現在……，妳一定要答應我，妳會等我，不管我去哪裡，妳都會等我。」

泥泥快要嚇死了，袁大乘去了一趟臺北，變得好奇怪，這些話應該是到他們念大學或是工作賺錢以後，才會說的話。而且，媽媽警告過她，不可以太早談戀愛，也不可以太早結婚，否則就會像媽媽一樣，七早八早就死了丈夫。她一點也不想剋死袁大乘。

「你……你要去哪裡？難道，你生了什麼怪病？還是……」泥泥腦海中閃過許多場景，難道「你要離開這裡嗎？是不是？」

袁大乘無奈的點點頭，「爸媽去臺北的時候，跟叔叔談了很多，因為叔叔一家要移民去美國，所以，我爸要我跟他們一起去。」

天哪！這算不算天打雷劈？好大的意外，她剛開始有點喜歡袁大乘，把他的排名移到了「泥泥公主情人排行榜」第二名，他竟然要離開她？

「不可以，這不可以，你說過，你會陪在我身邊，一直保護我，你不

可以走掉。你如果走掉，我永遠都不要理你，更不會等你。」泥泥想到從小拋棄她的爸爸，讓她受盡欺負，被人說她是個不幸的人，剋死爸爸，她不要再嘗到這種痛苦，她寧願把他忘記，就像用橡皮擦擦掉一般。

「泥泥，妳不要這樣，我也是不得已……」

「你如果不想去，你爸爸也不會拿刀逼你去，一定是你自己也想去。我是說真的，如果你要去美國，我們從現在開始就不要說話了。這樣我才不會想念你。」泥泥說完，掉頭就跑，一隻拖鞋掉在田埂邊，她也不想撿起來，她太傷心了，她傷心得好像要死掉。

眼前烏雲籠罩，近得就像壓在她的頭頂，袁大乘的聲音在後面飄飄渺渺傳來，「我、不、想、去！我、也、不、想、去！」

騙人！騙人！騙人！泥泥摀住耳朵，淚水比天空落下的雨滴還要大滴，一滴滴飛濺在泥土地裡。

舞出自己的快樂旋律

她長大以後，會變成一顆閃亮的星星嗎？雖然沒有月亮皎潔，不像太陽光芒四射，卻發出了自己的光芒？

雖然因為袁大乘要出國讀書，泥泥的心情低落，可是，她還是勉強打起精神上學，不讓別人看出來她有心事，甚至連最要好的芳瑜也沒有說，默默嚥下被撕扯的痛，那就像被一種不知名的蟲子叮咬，一時找不出解決痛苦的方法。

又到了班際歌唱比賽的時間，這一次，校長為了讓大家發揮創意，除了唱歌，特別加入了歌舞、熱門舞蹈……等項目。

聽到這個消息，各班是憂喜參半，有的擔心沒有時間練習，還是選擇最保險的歌唱，有的班級決定純舞蹈，只有泥泥班上跟六年五班選擇高難度的歌舞秀。

沒想到男生全部棄權，認為在大家面前跳舞很丟臉，趙明豐就說：「妳們女生愛現，就讓妳們現啊！免得到時候又說我們男生搞破壞。」

就連賴佩珊的死黨王禮涵也不支持她說：「我唱歌像鴨子叫，去跳舞，只會手腳打結，摔死在臺上，求求妳放我一馬，我來生變馬報答妳。」

賴佩珊氣呼呼的說：「算了，你們男生最現實，我們女生就靠自己。」因為賴佩珊的姐姐賴佩儀在高中參加熱舞社，得過全臺冠軍，所以特別請她來指導，大家放學後去賴佩珊家練習。

決定八位女生名單時，泥泥想要轉換心情，不去苦惱袁大乘要離開的事，極力爭取加入比賽隊伍。賴佩珊很不想讓泥泥參加，就說：「我們每次都練得很晚，妳不是要回家做苦工嗎？妳怎麼有空。」

「我會想辦法。妳不用擔心。」泥泥肯定的說。

「可是，妳很沒有跳舞細胞呢！妳會害我們得不了名。」賴佩珊不鬆口。

田芳瑜立刻說：「如果泥泥不能參加，我也退出。」

這怎麼行？于新蕙連忙求情，「芳瑜跳那麼好，她不參加，我們穩輸的啦！」

賴佩珊只好勉強答應，附加一句，「如果練習期間，妳表現不好，我們還是可以隨時把妳換掉。」「換掉」兩個字還是特別用力說的。

難得的，泥泥忍氣吞聲，沒有在言語上跟賴佩珊起衝突，十分配合的參加每週兩次的練習。但是，她做家事的時間就延後了，甚至睡眠也變少了，可是，她卻覺得特別興奮，好像自己是為了參加一年一度的城堡歌舞比賽，要選出最有活力的公主。

他們選的歌曲是正在流行的一首歌，既熱情洋溢，又活力充沛，賴佩儀特別改變了一些動作，以免大家說他們抄襲。每次練習，跳到後來，大家渾身是汗，只想跳進浴缸裡好好清洗一番呢！

泥泥就這樣跟芳瑜一路唱著歌，走向回家的路，泥泥有感而發，「如果所有的煩惱，就像要換洗的衣服一樣，很輕鬆的就可以脫掉，那該多好。」

芳瑜歪著頭看了看泥泥，「妳有心事喔！可以跟我說嗎？」

泥泥搖搖頭，「沒有啦！我只是因為冬天來了的緣故。」

躺在床上，望著窗外的星星，若隱若現，不仔細看，幾乎無法發覺星星的存在，就像現在的泥泥。她長大以後，會變成一顆閃亮的星星嗎？雖然沒有月亮皎潔，不像太陽光芒四射，卻發出了自己的光芒？

✦　✦　✦

班際歌唱比賽當天早上，大家掛念著下午的歌舞表演，上課也沒有心思，數學老師乾脆出了一些益智題目，讓大家腦筋急轉彎，轉換一下緊張的心情。

泥泥也是幾度進出廁所，她不是怕自己跳不好，而是擔心因為綽號「掃把星」的她，出錯害了大家，那她跟賴佩珊結的怨就會更深了。

午餐根本吃不下，大家忙著為彼此化妝，關上教室門做最後一次練習，看起來一切順利。他們班抽到了八號，其他班級的歌或舞都很平常，同樣是表演歌舞秀的六年五班，有人在臺上跌倒之後，他們更是覺得勝券在握。

換上特別搭配的橘色背心加紫色短外套，紫色短褲，外面罩一件橘色短裙，戴上橘色的小帽子，他們八個女生分成兩排就定位，賴佩珊和芳瑜都在第一排，因為賴佩珊擔心被泥泥搶了鋒頭，即使泥泥跳得很賣力，還是要泥泥站在後排。

音樂聲起，當她們又唱又跳的出場，全場都HIGH翻了，跟著打拍子，揮舞雙手。

泥泥從來不曾這樣舒暢，好像要把千年煩惱，要把從小受的委屈，要把她受不了的欺騙詭詐，統統甩到九霄雲外。

因為跳得太興奮，跳到一半，泥泥的裙子鬆了，歪斜到一邊，雖然裡面穿著短褲，不必擔心穿幫，但是，她還是空出一隻手抓裙子，努力把所有的感情融入舞蹈中，好像這是一場搏命的演出，演得不好，就會像「天方夜譚」裡的謝拉莎德王妃被國王砍頭。

結束表演時，全場響起熱烈掌聲，她們走下臺，渾身發熱，好像跑完馬拉松，要虛脫了。王禮涵走過來，少不了阿諛奉承，「賴佩珊，妳真的跳得好棒，不像孟泥泥，把裙子都跳掉了……」

「什麼？」賴佩珊睜大眼，「孟泥泥，妳丟不丟臉，我早就警告過妳，裙子一定要扣緊，妳看妳，我們如果輸了，看妳要怎麼補償？」

其他人都沒有吭聲，就連袁大乘也坐得遠遠的，沒有任何表情，泥泥有些洩氣，自己那麼賣力，卻被大家否定。

站在旁邊負責播報上臺名單的潘正閔突然說：「我覺得孟泥泥跳得很好，很投入呢！不像有些人，動作很漂亮，卻沒有感情。如果你們班得第一，我覺得她的功勞最大呢！」說完，他給了泥泥一個鼓勵的笑容，繼續播報下一個演出的班級。

芳瑜把泥泥拉到一邊，「天哪！泥泥，他是六年五班的班長呢！還是上次的模範市長，他會讚美妳，不簡單呢！不知道又要被多少人嫉妒死了。」

泥泥抹去額頭的汗水，也對潘正閔笑了笑，「謝謝你的肯定，即使沒得名，我也很高興了。」

「哼！還以為她是市長夫人呢！」賴佩珊不懷好意的說：「好像只有她一個人會跳舞。」

泥泥覺得好累，沒有理她，坐在臺下的角落裡，心中卻有很大的失落感。

宣布得獎名單時，果然是泥泥他們六年八班得獎，評審老師特別說：「他們的舞蹈很有創意，歌聲清脆和諧，跳舞的同學雖然出了小狀況，裙子幾乎要掉下來了，可是，卻臨危不亂，依然專注在表演中，值得大家學

習。所以，所有老師一致決定給他們第一名。」

泥泥的眼淚流了下來，至少，她沒有成為賴佩珊所謂的「掃把星」。

她悄悄尋找袁大乘的眼神，他卻淹沒在魚貫走出禮堂的人群中。

放學路上，芳瑜追上來，遞給她一封信，「袁大乘要我交給妳的，怎麼啦？你們吵架啦？」

泥泥抿緊嘴脣，接過信，「謝謝妳，我想一個人走一走。」

她坐在田埂邊的石頭上，打開信，袁大乘只寫了幾句短短的話，「雖然妳不理我，可是，我的祝福不會少。雖然妳不能諒解我，我還是希望能做妳永遠的朋友，無論輸贏，都站在妳這一邊。」

抬起頭，一隻白鷺鷥飛過，牠要到哪兒去避冬呢？如果泥泥覺得寒冷時，誰又能給她溫暖呢？泥泥揉揉潮溼的眼睛，原來，臺下那麼多雙讚許的眼神中，也有袁大乘的，她要原諒他嗎？她要跟他說話嗎？

★她喜歡望著窗外

謝佑莉上課時，也很喜歡望窗外。為什麼謝佑莉也喜歡這樣，難道她也沒有爸爸或媽媽，所以她也有心事？

早自習的時候，有人偷吃早餐，有人繼續睡還沒有醒的覺，有人悄悄傳簡訊，有人背著書，擔心老師會抽考。

泥泥則跟大家不同，國語課本翻開到「老忠實噴泉」這一課，卻望著窗外發呆。

世界上真的有這麼忠實的人嗎？不管遇到什麼困難，都不會離開我們？她曾經看過一篇報導，因為地殼變動，老忠實噴泉已經不是每隔六十分鐘噴一次泉水，早就不忠實了，這是不是代表世事多變化？

她用眼角瞄著袁大乘的座位方向，沒想到他剛好也望過來，泥泥的臉好像電鍋的蒸汽噴上來，燒燙燙，迅速收回眼神，希望沒被他發現。

她已經決定了，這一次錯在袁大乘，是他背叛好朋友，想要跑到美國去，所以，她絕對不跟他先說話。

她可以把心裡的位置空出來，結交新的朋友。否則把一個人放在心裡，一直牽掛，卻又見不到他，那是非常難受的。

第一節國語課剛剛打鐘，大家紛紛衝進教室，坐在位子上。導師領著一個女生進來，皮膚白白的，眼睛大大的，頭髮編成了兩根辮子，穿著有點褪色的蘋果綠上衣，黑色的裙子，充滿了疑惑的表情，眼神很快的掃過大家。

泥泥立刻舉手問：「老師，她是不是轉學生？」

導師點點頭，「我跟大家介紹一下，這位同學叫做謝佑莉，她家住在澎湖，因為搬家，所以轉來我們學校。老師希望你們要友善對待新同學，多幫助她。我看，就讓她坐在袁大乘旁邊，這樣，應該沒有人會欺負她了吧！」

導師太瞭解班上同學了，不管是誰，都比不上袁大乘這麼有威望，因為他各方面表現都不錯。男生尊敬他，而且他也不喜歡八卦，又不欺負女生，女生也仰慕他，所以，謝佑莉一定會得到最好的照顧。

可是，泥泥的心卻像受到一群蚊子攻擊，好痛呢！上課都無法專心。當她跟田芳瑜這麼說，芳瑜還笑她，「蚊子怎麼可能飛到人的心裡面，妳形容得太誇張了。」

那表示芳瑜真的不懂她的痛，會不會因此延後他們和好的時間，還是，這是上帝安排的，讓泥泥加強決心忘了袁大乘？也好，這樣更能考驗袁大乘是不是真的喜歡她？

自然而然的，泥泥開始注意謝佑莉的一舉一動，她意外發現，謝佑莉上課時，也很喜歡望窗外。這是泥泥的專利啊！為什麼謝佑莉也喜歡這樣，難道她也沒有爸爸或媽媽，所以她也有心事？

剛剛開始覺得謝佑莉很可憐，她不應該嫉妒她，就發生了一件讓泥泥的火冒得比101大樓還要高的事。

大概是數學課謝佑莉不專心的緣故，所以，老師教機率的時候，她根本沒聽進去。下課時，袁大乘問她，「懂了沒？」她睜著一雙大眼睛，搖搖頭。

「我去夜市射飛鏢，每次都會射中5，為什麼說1、2、3、4、5、6都可能被射中？」

袁大乘很有耐心的為她講解，謝佑莉撐著頭，好像聽懂了，又好像沒有聽懂。幾個男生圍過去，七嘴八舌貢獻意見，「唉呀！我們來教謝佑莉啦！數學最高分在這裡，看過來看過來，我叫蘇百正，我保證教妳教到會。」

袁大乘回頭冷冷望了一眼，這些聒噪男生無趣的退了開來，然後開始商討，「我先啦！我如果失敗再換你。」

泥泥好奇他們在討論什麼事情，不等她打聽，擔心自己地位動搖的賴佩珊先找出了答案，氣呼呼的說：「就只會張大兩隻眼睛，好像很純潔的樣子，根本就是在釣男生，以為我不知道她的企圖。」

午休時，泥泥想要複習下午要考的英文卻念不進去，腦袋裡塞滿袁大乘跟謝佑莉的對話。泥泥拍打著自己的腦袋，告訴自己，「成績重要，我不能分心，這次再考不好，要準備挨揍或是洗更多的衣服囉！」

她經過走廊，想去洗手臺用冷水洗一把臉，也許可以把自己焦躁的心變為平靜的海洋。

無意間，在樓梯轉角看到蘇百正逼問謝佑莉，「不是我們喜歡騷擾妳，妳都不肯說，大家只好不斷嘗試，直到找出答案。」

到底他們想知道什麼？泥泥躲在柱子後面，摒住呼吸。

謝佑莉拚命搖頭，「你們不要逼我，我不知道，我不知道。」

「是不是袁大乘？」蘇百正又問。

「我誰都不喜歡，你讓我走，我要去教室了。」謝佑莉好像要哭的樣子。

聽到這裡，泥泥心中的石頭少了好幾顆，忍不住又要管閒事了，彷彿俠女一般，走到蘇百正面前，手插著腰，「蘇百正，還不去念書，只會欺負新同學，小心我告訴老師。」

蘇百正撇撇嘴，「妳自身都難保了，小心袁大乘被搶走，英文又考全班最後一名。」

謝佑莉什麼話也沒說，趁這個機會閃身走了，也沒有說謝謝，泥泥皺了皺眉頭，心想，她真不懂禮貌。

接下來的日子，男生還是不斷找機會騷擾謝佑莉，「妳到底喜歡哪個男生？」

謝佑莉上課的時候，看窗外的次數也愈來愈多。而且，好像眼角還閃著淚光。

難道是泥泥眼花嗎？

放學時，找了藉口不跟田芳瑜一起走，泥泥悄悄跟蹤謝佑莉，想要解開心中謎團。

過了橋，謝佑莉往一大片玉米田的方向走，泥泥快步追上去，「謝佑

莉，謝佑莉，妳等等我。」

謝佑莉轉過頭來，張大眼睛，眼中充滿問號。

泥泥喘著氣，「我覺得妳這樣下去不是辦法，男生會一直糾纏妳，妳乾脆隨便說一個妳喜歡的男生，否則他們不會死心的。」

謝佑莉搖搖頭，「我不能說謊，我不在乎有沒有男生喜歡我，只希望跟大家都做好朋友，度過快樂的六年級。」說著，她的眼眶鑲了紅邊。

泥泥好奇的問：「妳不快樂嗎？」

謝佑莉勉強笑了一下，好憂鬱的笑，好像她是明天要嫁給魔王的公主。

可以跟他看電影嗎？

泥泥狼狽不堪的拾起書包和散落的課本，眼前出現了一隻男生的手，撿起她飛出去的筆，然後，伸出手，把泥泥扶起來。

一天兩天，一週兩週……過去了，男生對謝佑莉的新鮮感漸漸淡了，圍繞她身邊的人也變少了，只有袁大乘仍然耐心教她功課，她的成績慢慢進步，泥泥的英文卻愈考愈糟。

他們又恢復到起初的關係，沒有任何交集，誰都不願意先開口。泥泥聽到謝佑莉的笑聲從後面傳過來，難過得說不出話，難怪媽媽常常說，男生的心都是變得很快的。

昨天她送剛做好的動物布偶給逸豪大哥，託他上網賣，也問過他關於袁大乘的事，逸豪大哥笑得好大聲，電燈上面的灰塵都被震動得飛了起來。

「你們這麼小，根本就是在辦家家酒，遊戲結束了，就什麼關係也沒有了。泥泥啊！少呆了，妳以為這個世界上還會有青梅竹馬這種事嗎？大概只有在歷史裡面找得到囉！」逸豪大哥說：「妳看妳，臉上都沒有笑容了，不管別人對妳怎麼樣，永遠要記得，做妳自己，不要受到別人的影響。」

所以，她不要再抱希望了，專心學業，否則，她會失去更多。逸豪大哥是這個意思吧？

於是，她加倍用功，邊走路邊背英文單字，希望拿到全班最高分，把袁大乘比下去，至少也要比謝佑莉考得好。

因為背得太專心，星期三中午放學時，泥泥下樓才走了兩階，不小心踩空了，整個人跪了下去，走在她前面的同學被撞倒了，尖叫著，回頭罵了她幾句。平常被泥泥整得七葷八素的男生，好像在看好戲，袖手旁觀，竟然沒有一個人幫她忙。

泥泥狼狽不堪的拾起書包和散落的課本，眼前出現了一隻男生的手，撿起她飛出去的筆，然後，伸出手，把泥泥扶起來。

泥泥撐著他的膀臂，以為是袁大乘，眼睛剛泛出淚光，迎上她的卻是六年五班班長潘正閔一對濃眉毛，好像春天的毛毛蟲，倒掛著，她忍不住噗哧一笑。

「妳還笑得出來？妳不痛嗎？」潘正閔被她搞糊塗了。

背好書包，拍拍身上的灰塵，泥泥挺直身體，「謝謝你，我的膝蓋很痛，可是，我的心很高興。這個世界上還是有好人的。」

「我陪妳走一段路吧！我看你一瘸一瘸的，不要裝勇敢啦！那不像妳孟泥泥的個性。」潘正閔也笑了。

幾個女生經過他們身邊，故意很誇張的說：「哼！我看孟泥泥根本是故意摔跤的，想要引起潘正閔的注意。」

她背後也沒有眼睛，怎麼看得到潘正閔？況且，雖然潘正閔在學校比較紅，可是，她寧願扶起她的是袁大乘。

走不到一百公尺的路，就不知道被多少男生指指點點，被多少女生竊竊私語。奇怪啦！她孟泥泥也不差，為什麼就沒有資格跟潘正閔走在一起？真的是只有人類才會分別高低，樹啊、雲啊、鳥啊！才不管她是誰，每天綠給她看，唱歌給她聽。

「我到現在還記得妳上次跳舞的樣子，妳真的很特別。這個星期六，我請妳看電影好不好？我都找不到同伴看電影，約女生，她們以為我要追她們，男生嘛！沒有人喜歡看我喜歡的電影。」

潘正閔的口氣，好像他雖然在學校很出風頭，卻很寂寞。還是做個平凡人比較好吧！

有人請客，當然好，而且，看樣子，潘正閔也不是要追她，應該沒有關係吧！正要點頭答應，袁大乘從他們旁邊走過，故意撞了泥泥一下，害她差點又要跌倒了。她氣得用很大的聲音說：「好，我跟你一起看電影！」好像是說給袁大乘聽的。

晚上攤開日記，泥泥記錄著下午摔跤的事，還有，袁大乘經過她時悲傷的眼神。泥泥的眼淚把枕頭都弄溼了，會不會哭得太厲害，淚流成河，枕頭就飄了起來。然後，就發生土石流。

如果土石流，誰會來救她呢？

她側睡在枕頭上，鐵窗外的月亮被分隔成好幾塊，她恍惚看到嫦娥哀傷又寂寞的眼神。

這樣也好吧！她慢慢忘記，袁大乘也不再想念，就可以沒有牽掛的去美國。說不定，他正在偷笑，他的心裡已經沒有她，她還在傻傻的為他流眼淚。

如同媽媽說的，爸爸已經去世好久好久，媽媽還常常為爸爸哭泣，爸爸都已經變成一堆骨頭，根本沒有感覺，她哭死了，爸爸也不知道。所以，後來她認識李叔叔，就讓李叔叔照顧她了。

她不要想了，她要睡覺，明天要考英文，她要考一百分。

結果，泥泥的英文考了九十八分，破紀錄呢！她正高興的以為自己是全班最高分，老師宣布分數，又是袁大乘考一百分，可見得他一點也不傷心，還有心情念書呢！

愈想愈氣，更加堅定她答應潘正閔的邀約。

星期五的晚上，很努力的把家裡所有的衣服洗乾淨、脫水、晾晒，接著又洗廚房、拖地……忙到半夜一點多，泥泥才洗完澡，上床睡覺。

明天要看的電影是《蝴蝶》，一部法國電影，音樂很感人，潘正閔說：「妳一定會喜歡，不過，最好多準備幾包面紙，聽說很多人看了都掉眼淚呢！」

蝴蝶？在潘正閔心中，她是一隻什麼樣的蝴蝶？她覺得自己只是一隻小粉蝶，在許多菜園都看得到的很平凡的蝴蝶，可是，她卻很開心。即使沒有人注意她，她也無所謂。就像公主不一定要像雪一樣白，還是公主。

星期六早上八點多，泥泥就醒了，換上唯一還算新的鵝黃上衣、軍綠色裙子，照了半天鏡子，還是不滿意。為什麼跟袁大乘出去逛街，她都隨便穿，不會這麼緊張？

離電影院還有一百多公尺，泥泥的涼鞋帶子突然斷了，她糗死了。都怪媽媽，為了省錢，每次都在市場買地攤的鞋子，質料那麼差，一下子就壞了，結果花的錢更多。

怎麼辦呢？電影開演的時間快到了。

「要不要我幫妳回家拿一雙鞋子？」袁大乘從她身後冒了出來。

好小子，他一直在跟蹤她嗎？他還是關心她的，心中小小竊喜著。

泥泥回過頭去，卻脫口而出：「好啊！你去拿啊，不然潘正閔會等得急死了。」

「我去拿妳的鞋子。可是，妳要答應我，不要去電影院看《蝴蝶》，我們去田裡看鷺鷥，好不好？嗯？」袁大乘說得好快，就怕說慢了，自己會沒有勇氣說。

她也不想要再裝腔作勢了，立刻說：「看鷺鷥，不穿鞋子也沒關

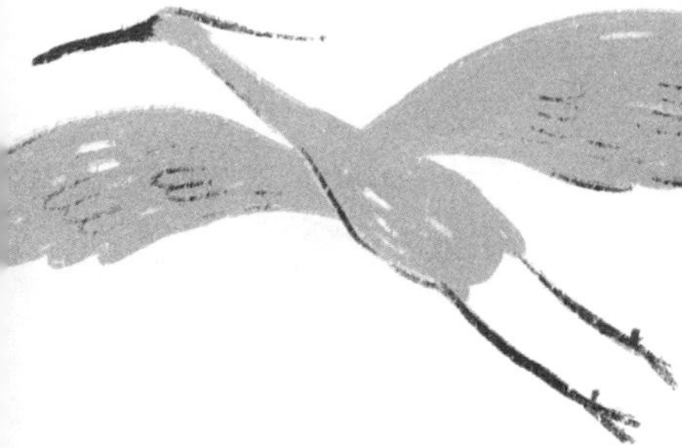

係。」泥泥好久沒有笑得這麼開心了，不管袁大乘去了美國是不是還記得她，都沒有關係，這段時間，她要好好珍惜，即使只是一段美麗的回憶，也好。

撥了潘正閔的手機，泥泥慢慢的說，她的鞋帶斷了，所以，她不能去看電影了。她相信，《蝴蝶》一定很好看，但是，鷺鶿更好看。

★他長了一對翅膀

她要從現在就忘記他，或是藕斷絲連，還是順其自然發展，不要傷這麼多腦筋？

過不了多久快樂的日子，袁大乘去美國讀書還是成了定局，而且搭飛機離開臺灣的時間也決定了。

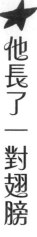

只剩兩個星期相處了。班上同學決定辦一個歡送會，邀泥泥一起策劃，泥泥搖搖頭拒絕了，「這是一件傷心的事，我比較喜歡辦同樂會。」

同學們好像很希望袁大乘離開似的，感受不到一點憂愁氣氛，就連暗戀他很久的賴佩珊似乎也無動於衷，沒有採取任何告白行動。轉學來的謝佑莉也只是說，「謝謝你教我功課，讓我可以趕上進度。」

好像袁大乘很快就會變成一陣輕煙，什麼也不曾留下。現在的人真的都這麼現實？還是，泥泥太放不下？

放學時，田芳瑜找藉口說她要跟別人一起回家，貼心的把時間讓給泥泥和袁大乘，泥泥看著走遠的芳瑜的背影，忍不住說：「這時候才知道誰是你真正的朋友。」

袁大乘問：「妳說誰？」

泥泥搖搖頭，眼淚也跟著飛了起來，「我不知道自己以後要怎麼活下去？我一定會死掉。」

袁大乘偏了偏頭扮鬼臉，「妳忘了，妳最喜歡的韓劇裡女主角怎麼說的？男主角走的時候，女主角也說她忘不掉他，後來，她還不是活得好好的。」

泥泥皺皺眉頭，收起眼淚，「奇怪，你怎麼知道劇情？你不是每次都笑我白痴才會相信韓劇裡面演的是真的。」

袁大乘抓抓頭，「不好意思啦！我看妳那麼喜歡，就很好奇，拜託我媽媽買了一套原版的DVD，我要帶去美國看，然後寫郵件跟妳討論。」

走到田埂邊，坐在大石頭上，望著遠處的山丘，有一隻落單的鷺鷥正在徘徊，泥泥說：「我不知道要怎麼形容心裡的感覺，隔著太平洋，好像很遠，可是，坐飛機也不過十幾小時就到了，又似乎很近。看著電腦上的字，卻冷冰冰的，我還要到芳瑜家才能用電腦。你寫信給我好不好？我喜歡接到信，想像你寫信的樣子，你抓頭的樣子，你喜歡瞇起眼睛看人的樣子……，就好像你還在這裡。」

「泥泥，妳不要這麼傷感，這都不像妳了，我喜歡記得妳高興的樣子。」袁大乘站起身來，踢著石頭，想辦法要逗泥泥開心。

泥泥兩手一攤，「你不能怪我啊！我看過的小說或電視劇裡面，都是說男女主角分開以後，就是生離死別，再也見不到了。我也不喜歡悲劇電影啊！還不都是你害的，你還怪我。」

「可是，即使現在沒有分開，誰能保證永遠都在一起，男生要當兵，要發展事業，要出國留學……」

是這樣嗎？不要相信任何誓言。也不要像新聞報導的那位美女一樣笨，因為情人背叛她，就跳樓自殺囉！

泥泥要把這個問題想清楚，沒有找出答案之前，她決定上學放學都一個人回家。

直到袁大乘搭飛機走的那一天，泥泥還是想不出辦法來。她要從現在就忘記他，或是藕斷絲連，還是順其自然發展，不要傷這麼多腦筋？

星期六中午的時候，謝佑莉打電話到泥泥家，「泥泥，我們大家在奶茶店，袁大乘馬上要去機場了，妳要不要來？他一直在問妳呢！」

「我一定會哭的，我不想去，妳就說我頭痛、肚子痛、腳痛、手痛、全身都痛。」

泥泥望著牆壁上面的鐘，倒數著袁大乘到機場的時間，覺得自己好像要瘋掉了。從小到大，任何一件煩惱，她都會想出方法解決，然後很快忘掉煩惱，每天過得快快樂樂，這次怎麼這麼複雜？

她慢慢晃到芳瑜家，芳瑜剛剛離開奶茶店回到巷子口，抓著泥泥說：「妳太過分了，再怎麼說袁大乘對妳那麼好，妳連最後一面也不去？」

「什麼最後一面？他又不是要死掉了，妳不要說得那麼不吉利。」泥泥忍不住哭了起來，「我不希望他走啊！他好過分，我也要讓他體會到我的傷心和痛苦。」

「天哪！妳以為妳在演電視劇啊，要到最後一刻才衝到機場？來不及了，人家袁大乘也是等到最後，他爸媽一直催才走的。」

泥泥猛然抬起頭來，「芳瑜，妳真是我的好朋友，妳把我敲醒了。請問逸豪大哥在不在家？」

「要送妳去機場演完這齣戲是不是？我就知道妳，我早就拜託我哥在家待命了。」

泥泥抱住芳瑜，「妳真是我拿命來換的好朋友。我回家拿一樣東西，妳跟妳哥說在我家巷口碰面。」

逸豪大哥的開車技術一流，泥泥緊張得不斷說：「你不要超速喔！我繳不起罰單的。逸豪大哥，謝謝你，我會想辦法報答你，我現在還不想嫁給你，怕你到時候太老了。還是，我以後做事賺錢的第一個月薪水給你好不好？」

「泥泥，拜託妳，讓我專心開車，我會順利把妳送到機場的。妳也不用報答我，如果若干年後，你們兩個真的結婚了，記得請我當介紹人。」

泥泥的臉都紅了，像天邊的晚霞一樣，她從來沒有想到這麼遠，要跟袁大乘結婚。只是覺得他是少數關心她的人，他在她的情人排行榜上還只是排名第二，第一名從缺呢！為什麼大人總是過分緊張，他們彼此喜歡，就以為他們要結婚。簡直是想像力三級跳。

到了出境大廳，泥泥望著一排排的航空公司櫃臺，找到了中華航空公司的，問櫃臺小姐有關袁大乘那班飛機，服務小姐說：「這班飛機已經開始登機了。」

登機的意思，就是飛機馬上要起飛了嗎？袁大乘已經進入飛機裡面了嗎？泥泥急得不知道如何是好，停好車子的逸豪大哥剛好趕過來，拉起她的手，「走，泥泥，我帶妳上去。」

走在電扶梯上也是用跑的，登上二樓，泥泥一眼就看到袁大乘背著紅色背包，往海關的檢查櫃臺走，她急著用所有的力氣大叫，「袁大乘，等一下。」也不管是不是會引起所有人的注目。

袁大乘回過頭來，看到泥泥，冬天一般蕭瑟的臉立刻有了春天，他往回跑，跑出關口，「泥泥，我以為妳真的不來了。」

袁大乘的媽媽在裡面叫，「大乘，快點進來，要來不及了。」

「我一直到現在才練習好不流眼淚的，我要用最快樂的笑容送你上飛機。」泥泥從紙袋裡拿出她早就做好的一對布偶，把女生送給他，「這個布偶叫做泥泥，像不像我？你看到她，就好像看到我。這個男生布偶叫大乘，留給我自己，希望有一天他們兩個會碰面。」

袁大乘把泥泥布偶抱在懷裡，「泥泥，妳要加油喔！如果妳英文不會，還是可以問我姐姐。」

「你放心，我以後英文一定跟你一樣棒。BYE！BYE！」泥泥故意用英文說再見。忍住淚水，有點害羞，還是鼓起勇氣衝上前抱住袁大乘，「謝謝你在班上給我最大的支持。」然後，她看到袁大乘的眼角滑下一滴眼淚。

袁大乘過了海關，往登機大廳走去，他的身影也消失不見，逸豪大哥拍拍泥泥的頭，「這比韓劇感人多了。泥泥，妳表現得很好。真的。」

泥泥調皮的笑了笑，「謝謝你，逸豪大哥，我決定要專心讀書，不要再胡思亂想囉！」

找回失去的笑容

經過導師同意，最後決定分三個項目比賽，成語接龍、成語比手畫腳、成語戲劇表演……

泥泥不斷鼓勵自己，要振作起來，以前沒有跟袁大乘做好朋友時，她還不是每天這樣生活，為什麼少了一個朋友，就好像世界末日？她還有別的朋友啊，甚至，她也可以結交新的朋友。

雖然心裡知道，每次上課的時候，老師問問題等人回答時，泥泥都會不經意的向左後方微微偏頭，好像在等袁大乘舉手回答。看到他的位子是空的，她的心就好像倒進了一桶大頭針，到處刺痛著。又怕被同學發現，會嘲笑她，只好收斂起自己的思念。

為了轉移自己悲傷的情緒，她決定在班上籌劃一場「成語比賽」，利用班會時舉行。她興奮的去找導師商量，老師問她，「老師最近很忙，可能沒有辦法參與這項活動喔！」

「沒有關係，老師，我已經計畫好了，只要老師同意，我會負責跟全班同學公布辦法的。」泥泥不是輕易放棄的人。

「那為什麼要辦成語比賽，而不是其他的活動？」

「因為，我看到報紙上有許多老師投書，說現在的學生國文程度低落。老師上課時也說過，現在全世界有八十幾個國家都在學中文，我們更要加油。如果成語練好了，中文自然就會進步。」

導師讚許的點點頭，「好，妳有這樣的心志，老師就盡量抽空幫助妳。袁大乘有沒有消息呢？他到美國還好嗎？」

泥泥臉紅了紅，「他寫過一封信來，請我代問候老師和同學，他很好，我也很好。」

導師笑了笑，似乎聽懂她的回答，「妳要加油喔！希望妳畢業的時候，能有好的表現。」

泥泥找了幾個同學一起開會討論整個比賽的方式，經過導師同意，最後決定分三個項目比賽，「成語接龍」、「成語比手畫腳」、「成語戲劇表演」，六個人一組，全班同學自己組隊參加。

「成語接龍」比的是大家平常對成語的瞭解，等於是測試大家的實力，根本無法臨時惡補。

「成語比手畫腳」則是比賽大家的臨場反應，為了公平起見，由老師挑選五十個成語，各組派代表抽籤，然後在限定時間內把成語表演出來，讓組員猜出正確答案。

「成語戲劇表演」可以事先演練，各組挑一個成語，以三分鐘的時間把這個成語用戲劇方式演出來，喜劇、悲劇或搞笑劇不拘。

為了鼓勵大家，導師還特別提供了豐富的獎品。

全班一共分了五組，轉學來的謝佑莉主動說要加入泥泥、田芳瑜這一組，賴佩珊還嘲笑她，「孟泥泥，別以為妳撿到了一塊寶，鄉下來的土蛋會有什麼成語實力？」

泥泥一點也沒有被她嚇到，「我們這只是友誼比賽，輸贏有那麼重要嗎？況且，我覺得謝佑莉很厲害，她說不定是一匹黑馬喔！」

到了班會那天，大家摩拳擦掌，準備了許多資料，都想有出人意外的表現。

「成語接龍」是由五組同學排成六列，從第一組第一位同學開始出題，五組輪流接龍，哪一組無法立刻接下去，就淘汰出局。雖然賴佩珊、王禮涵那一組，故意出一些刁難艱深的成語，但是卻難不倒泥泥這一組，最後由泥泥他們贏得「成語接龍」這一關。

輪到「比手畫腳」時，不少人臨陣怯場，不敢出來代表自己這一組。泥泥這組原先安排好的劉美英，說什麼也不肯上臺表演，泥泥很會猜，也很會表演，可是，她總不能把自己分成兩半，一半上臺一半在臺下。這時，謝佑莉突然說：「我來表演好了！」

「妳？」田芳瑜露出不可置信的表情，看她平常沉默不語的時候居多，她會表演？

時間緊迫，泥泥也只好點頭。怎麼也沒料到，謝佑莉竟然是冷面笑將型的人物，她的表演既傳神又簡單扼要，很容易就可以讓泥泥他們猜出答案。雖然最後這個項目讓于新蕙那一組贏了，泥泥還是很高興。

因為時間關係，第三項來不及完成，導師宣布，「我很高興同學們這麼熱烈投入，我們就把這項壓軸的戲劇，留到下一次。」

大概是他們的笑聲太大，下課時，隔壁幾個班紛紛跑來探問情報，潘正閔剛好經過，遇到泥泥，攔住她問：「你們班在做什麼？是不是妳又出了什麼新花樣？」

泥泥很興奮的跟他分享精彩的成語比賽，潘正閔一直點頭，「我覺得這個點子真的很棒，可以激勵大家主動學成語，我也要建議我們班上舉行。妳真的很厲害，我要跟妳多多學習。」

「謝謝你，我很高興你這樣稱讚我。」

也不過就是說了這麼幾句話，輸了比賽的賴佩珊就在口舌上不放過泥泥，「拜託，現在怎麼會有海枯石爛也不會變心的人？早就絕種了。袁大乘還真相信孟泥泥只喜歡他一個人？你們看，她跟潘正閔說話的樣子，好像他們是一對，噁心死了。」

泥泥雖然不想理她，可是，又不想讓他們更囂張，用力壓下怒氣，大聲說：「妳的意思是說，袁大乘去美國了，我就不可以跟別的男生說話了？我喜歡跟全世界的男生做朋友，不行嗎？」

泥泥決定要找回失去的笑容。對袁大乘的思念，就放在心底的音樂盒裡，獨處的時候，星光滿天的時候，再讓相思曲慢慢響起。

★我想參加畢業旅行

想到可以坐在全亞洲最大的摩天輪上看星星，我一定會幾天幾夜睡不著覺，說不定我看的星星跟袁大乘看的星星是同一顆呢！

從有記憶以來，泥泥就生活在小鎮，一個位在城市與鄉村交界的小鎮。聽媽媽說，她小時候在臺中住過一陣子，直到爸爸去世以後，媽媽才離開臺中。可是，因為泥泥太小，她對這些都沒有記憶。

所以，她十分嚮往家鄉以外的世界。袁大乘在的時候，曾經邀她一起去臺北，逛購物中心、去華納威秀看電影、到臺北101欣賞最高的建築，可是，媽媽不答應，她也不敢離家太遠。

唯一的一次出走之後，已經被媽媽下了禁足令，媽媽說：「如果妳再隨便跑出去，妳就永遠不要回來。」

雖然她因為媽媽迷信的緣故，只能叫她「阿姨」，可是，她真的不希望再次傷媽媽的心，否則可能永遠沒有機會叫「媽媽」了。

因此，當老師宣布要去畢業旅行時，泥泥興奮得不得了，這是班級活動，媽媽沒有理由否決吧！

下課時，她不停的跟芳瑜說，「我心跳得好快，想到可以坐在全亞洲最大的摩天輪上看星星，我一定會幾天幾夜睡不著覺，說不定我看的星星跟袁大乘看的星星是同一顆呢！」

賴佩珊卻在一旁故意說得很大聲，「拜託，像輪胎一樣小的摩天輪有什麼好坐的？我坐過比那個大幾倍的。還去什麼臺北市立動物園、陽明山……我都膩死了，應該去日本北海道滑雪的。」

爸爸在大陸工作，常常去上海的于新蕙也說：「我覺得學校很沒創意，人家現在都是出國畢業旅行，臺灣這麼小，有什麼好看，應該去看萬里長城、紫禁城……想像自己是秦始皇，是慈禧太后。」

王禮涵更是不放過機會討好賴佩珊，「我贊成遠離家園，去看看外面的世界。不然會變成目光如豆。」

「臺灣都還沒有走透透，就想出國，還嫌臺灣不好，你們根本就不愛臺灣，你們乾脆出國就不要回來好了。」田芳瑜氣不過他們，家裡有一點錢，就如此囂張。

反常的，泥泥卻沒有生氣，她心裡悄悄計畫著，因為剛才老師交給她一個重要任務，要她跟六年五班的潘正閔一起負責籌劃團體遊戲，希望畢業旅行這幾天，能帶給大家一些歡樂氣氛，以及美麗的回憶。

她如果說出來這一項祕密任務，賴佩珊大概會立刻昏倒，然後清醒過來就立刻去找老師抗議。她不想在這個時候刺激她，免得節外生枝，而是約了潘正閔放學回家的路上一起討論。

潘正閔在榕樹底下見到泥泥，笑得很開心，臉上因為興奮泛著紅紅的光，好像剛剛跑了一百公尺。

「孟泥泥，我覺得妳的腦筋很靈活，設計的益智遊戲都很有創意，我比較喜歡運動，我來負責需要體能部分的遊戲，好不好？」

「好啊！我們先各自想幾個，再一起合併討論，看看如何排順序，穿插進行。然後，我們再找人來實際練習一下，看看好不好玩？會不會太難或太容易。」

說到玩，泥泥比誰都開心，天天坐在教室裡上課，人都要發霉了，如果上課也可以這樣設計，是不是有趣得多？是不是大家也會更喜歡上課？看樣子，她的夢想要改變了，考慮做教育部長也不錯。

「妳最近還好嗎？妳那個去美國的好朋友有沒有跟妳聯絡？」潘正閔關心的問。

「有啊！他有時候寫信，有時候寫依媚兒，不過，我覺得他好像很寂寞。」泥泥抬起頭望向天空，灰灰的，就像袁大乘離開的那天一樣。

「我聽說剛開始都是這樣，我有一個表哥剛去澳洲念書時，也是天天打電話回來哭，吵著要回臺灣。可是，最近他們放假，說什麼也不肯回臺灣，說他答應跟同學去墨爾本玩。」

「喔！是嗎？」袁大乘也會這樣嗎？晚上洗好碗，寫完功課，泥泥望了一眼看完連續劇的媽媽，好像心情還不錯，就說：「阿姨！我們學校要去畢業旅行，老師找我負責設計團體遊戲耶！我一定要好好表現。」

沒想到，媽媽的臉倏地像被刷了白油漆，面無血色，冷冰冰的說：

「畢業旅行，那要花多少錢？你李叔叔到現在還沒有找到一份穩定的工作，要妳去市場幫忙賣皮包、內衣，妳都不肯，還去畢業旅行，不准去。」

「可是，老師要我負責節目，我不能不去，會影響我的畢業成績的……」泥泥把老師拉出來為自己爭取機會。

「我說不行就是不行，妳如果要聽老師的話，就去做他女兒好了，讓他來養妳。」

泥泥幾乎要哭出來了，「我從來沒有去過臺北，我真的很想去。我明天就跟妳去市場賣東西，我還可以幫陳媽媽剝玉米皮，幫高伯伯挖蘿蔔……，他們都會給我錢的，求求妳……」

媽媽斜睨了泥泥一眼，走進房間，拿了一張地圖出來，遞給泥泥，「好啊！我讓妳去旅行。妳平常不是很有想像力嗎？妳就看著地圖，一個城市一個城市走下去，想像妳已經環島一週不就好了。況且，要環島旅行，也應該我先去，怎麼也輪不到妳。」

「如果是佳龍，妳就會讓他去，對不對？」泥泥小聲抱怨，哭著走回房間，這加深了她的懷疑，媽媽很可能真的只是阿姨，不是她的親媽媽，不然為什麼對她這麼壞。

她寫了很長的一封信給袁大乘，信紙上布滿淚痕，信的末後，她這樣寫著，「但是，你不用替我擔心，只要為我禱告，讓我有勇氣與信心，我相信，任何困難都無法擊倒我，我一定可以想出辦法來的。」

★誰說我是掃把星？

賴爸爸跟賴佩珊七手八腳把潘正閔抬上車，送去醫院，泥泥一個人孤伶伶站在路邊，心裡急得不得了，可是，賴佩珊卻阻止她一起去。

雖然媽媽不答應泥泥參加畢業旅行，她卻不曾放棄希望，除了告訴田芳瑜，請逸豪大哥幫她在拍賣網站上多賣幾個布偶，她也利用課餘，主動幫媽媽去市場賣東西。她還跟左右鄰居打聽，有沒有需要人手幫忙？

所以，當潘正閔找泥泥商量畢業旅行的團體遊戲，她幾乎都找不出時間討論，而且因為手邊剛好有事情在忙，常常失約。

潘正閔以為泥泥不想跟他一起合作，特別去問了田芳瑜，才知道事情

真相，當泥泥拿著鏟子在田裡挖蘿蔔的時候，潘正閔突然出現，把泥泥嚇了一跳，拍拍手上的泥巴，結結巴巴說：「你怎麼來了？」

「我來幫妳一起挖蘿蔔！」潘正閔脫掉毛衣，捲起袖子。

「不行的，會弄髒你的衣服，而且而且，挖蘿蔔挖不對，會挖斷的，我就會被扣錢……」泥泥阻止他。

潘正閔拿著鏟子，笑了笑，「妳放心，我去年寒假回奶奶家，我爺爺教過我，妳不要擔心。趕快吧！我們一邊挖，一邊討論團康啊！」

「不好意思。」泥泥臉紅了紅，不曉得潘正閔是否知道媽媽不讓她去畢業旅行的事。

因為潘正閔的幫忙，泥泥很快就把高伯伯家整片田的蘿蔔一根根挖好了，放在竹簍裡，跟潘正閔一起抬到高伯伯家，領到了五十塊錢。

「我很佩服妳，才念小學就知道要打工賺錢，我聽田芳瑜說，妳平常就要做很多家事，比較起來，我們好像太幸福了。」潘正閔將手洗乾淨之後，有感而發。

泥泥搖搖頭，「你錯了，雖然我要做很多家事，我還是覺得很幸福，因為我認為做家事不是處罰，而是一種操練。」

「妳真的很奇怪，跟別的女生不太一樣，難怪袁大乘會那麼喜歡妳。妳要不要猜猜看，我以前喜歡的女生是誰？」

「啊？你也喜歡過女生？我還以為你像大家說的一樣，我行我素，只喜歡自己，對女生沒有任何感覺。」

「妳一定不相信，還是我暗戀那個女生，她可能到現在都不知道。就是你們班的賴佩珊，我第一次看到她，覺得她好漂亮，辮子上的蝴蝶結隨著她跑步一跳一跳的，好像蝴蝶飛舞。可是，後來我漸漸發現，她的心不像她外表那麼美，尤其是上次跳舞比賽，她罵你罵得好凶，我就決定不要

再喜歡她了。」

泥泥嚇壞了，如果這件事讓賴佩珊知道，會恨死她一輩子，不，大概要十輩子，結結巴巴想幫賴佩珊說好話，「其實，賴佩珊也不是壞人，我覺得她只是沒有交到真心的朋友，所以她很孤單，很寂寞，才會那樣說話。我有時候還很羨慕她那麼漂亮，好像公主，大概很少公主會像我長得這個樣子，又黑又瘦，好像蘿蔔乾。」

才說著話，對街就傳來賴佩珊的尖叫，「孟泥泥，我一定要告訴袁大乘，說妳變心了！」

「糟糕，你剛剛說的話，會不會被她聽到了？」泥泥最不喜歡聽到祕密，偏偏很多人都要說祕密給她聽，這下子，她跟賴佩珊結的仇更大了。

「妳不要緊張，隔那麼遠，她又不是千里耳，沒事的，妳就當我從來沒有說過，任何人來問，我也不會承認。」

就在泥泥專心的看著下了車正要走過來的賴佩珊，想找話表明自己立場，突然有一輛汽車從巷子裡衝出來，因為速度太快，眼看著要撞倒泥泥，潘正閔連忙把泥泥往旁邊推開，可是，他自己閃避不及，汽車擦身而過，他站立不穩，摔倒在地，腦袋撞到地上。

賴佩珊一路尖叫著衝過來，「孟泥泥，妳看妳，妳害潘正閔被車撞了，妳就是個掃把星。」她一邊回頭叫她在駕駛座上的爸爸，「爸，你快來，我同學被車撞了。」

賴爸爸跟賴佩珊七手八腳把潘正閔抬上車，要送去醫院，泥泥一個人孤伶伶站在路邊，心裡急得不得了，可是，賴佩珊卻阻止她一起去。

還好泥泥夠冷靜，想了想，整個鎮上只有一間大醫院「博愛醫院」，潘正閔一定是送到那裡去了。可是，離這裡有一段距離，她要怎麼過去呢？身上的錢是要用來做畢業旅行的基金，她必須節省，只好半跑半走的趕去醫院。

走得一身是汗，氣喘吁吁的趕到了博愛醫院的急診室，還沒開口問櫃臺小姐，遠遠傳來賴佩珊獨特的嗓音，泥泥循聲走過去，就聽到賴佩珊說：「潘媽媽，我跟妳說，潘正閔是被我們班的孟泥泥害的，是她把潘正閔推倒的，妳一定不知道孟泥泥的綽號叫做掃把星，誰跟她在一起都會倒楣。潘正閔不會腦震盪吧！要不要我去找孟泥泥來，要她負責……」

賴佩珊根本就在說謊，泥泥很想衝出去為自己辯駁，可是，繼而一想，潘正閔是為了救她，才代替她被車撞倒，也等於是她害的。頭一回，她開始懷疑自己真的是掃把星？

淚水緩緩流下，她在內心祈禱，潘正閔平安無事，她要讓自己這顆掃把星，變成穿著白衣服的天使，從天空飛過，保佑他。

★搶救泥泥行動

泥泥緊張兮兮的走進訓導處，平常只有犯錯違規的同學才會被叫到這裡，她到底做了什麼事？

孟泥泥知道，她到學校又要面對賴佩珊編造的誇大謠言，走到校門口，她左顧右盼，好怕傷人的箭這時射過來，田芳瑜幫她打氣，「妳又沒有錯，不要怕，兵來將擋，水來土淹，謊言來就不理他。」

話是這麼說，當泥泥走過穿堂，登上樓梯，從六年一班開始，一間間教室走過去，不懷好意的眼神就接二連三射了出來，尤其是潘正閔念的六年五班，好幾個女生怪叫著，「凶手，妳就是凶手，人家潘正閔不喜歡妳，就故意要害死潘正閔。」

泥泥用最快速度跑進自己教室，賴佩珊一群人已經圍在她的座位邊，王禮涵帶頭質問：「妳說實話，妳用哪一隻手推倒潘正閔的？」

泥泥看了賴佩珊一眼，反常的什麼也沒說，把同學推開，放好書包，坐了下來。

「你們看，她作賊心虛，默認了吧！」賴佩珊卻不放過她。

田芳瑜氣不過，回過頭來仗義執言，「妳不要亂造謠，潘正閔是為了救孟泥泥才被車子撞倒的，妳根本就是嫉妒她，想害她。」

賴佩珊雙手插腰，「當時是妳在現場，還是我在現場？這裡沒有妳說話的資格，我是在問孟泥泥。」

泥泥還是不說話，可是，內心卻波濤洶湧。她不明白，一個人為什麼可以睜眼說瞎話？賴佩珊如果知道，因為她的壞心眼，所以潘正閔才不喜歡她了，大概會氣得拔光頭髮。

「很簡單，你們大家自己去問潘正閔，看是孟泥泥對，還是賴佩珊說謊？」田芳瑜這麼說以後，大家才算停止對泥泥的逼供。

放學的時候，泥泥藉口要去書店看書，沒有跟芳瑜同行，背著書包悄悄走了一大段路，去醫院看潘正閔。沒想到，潘媽媽和賴佩珊都在病房裡面，她只好到護理站，跟護士打聽潘正閔的狀況。

護士說：「還要再觀察幾天，確定有沒有腦震盪。」她一聽，心又開始七上八下，萬一他昏迷不醒，她的冤屈洗不清沒關係，證明她真的是掃把星才讓她傷心。

看樣子，她是很難接近潘正閔，只好留下一張紙條給他，請護士轉交，希望他快快好起來，如果他需要她的幫助，只要大聲念「孟泥泥」三遍，她就會出現。

走到家門的巷子，遠遠看到田芳瑜跑過來，「泥泥，袁大乘託我轉給妳的信。」

泥泥正奇怪袁大乘很久沒有來信了，怎麼會請芳瑜轉信？迫不及待撕開信，袁大乘寫著：

聽芳瑜說妳都沒有收到我的信，我擔心是不是信遺失了？或是有人把信藏起來了，所以我特別請她轉交。

妳再也不要說自己是掃把星了，這一點不像妳。我不喜歡愛哭愛抱怨的泥泥，我喜歡勇敢的泥泥，不會被擊倒的泥泥。

我平常也很忙，要補英文，要寫很多英文報告，而且也沒有朋友，只能待在家裡，希望妳帶給我的都是好消息，可以讓我高興一點。

是啊！現在的袁大乘跟以前不一樣了，他也有了自己的煩惱要處理，無法常常安慰她，泥泥要靠自己。

她也要繼續努力籌措畢業旅行的基金，還有，為潘正閔禱告，求上帝保佑他平安無事，腦袋沒有摔成一片混亂。

上學途中，孟泥泥突然問田芳瑜，「我如果突然變不見，妳會不會嚇死？」

田芳瑜用力拍她一下，「泥泥，妳怎麼啦？是不是擔心潘正閔醒不過來，讓妳神智不清了？胡說八道什麼啊！」

「沒有啦！我只是擔心潘正閔真的念我的名字，我是不是真的會像超人立刻出現他面前？」她說出自己去醫院留下紙條的祕密。

田芳瑜安慰她，「妳還是想想今天的考試吧！像妳這麼好的人，上帝一定會保佑妳的。真的，我媽媽常常這麼說，妳的苦難不會那麼久的。」

經過訓導處，才要走上樓梯，導師從裡面走出來，叫住泥泥，「孟泥泥，妳過來一下，剛剛有一位報社的記者打電話來要找妳。」

記者？泥泥嚇出一身冷汗，她做了什麼壞事？難道是潘爸爸去告她害潘正閔車禍受傷？她連忙跟導師說：「不是我撞的，潘正閔不是我害的，我可以去找目擊證人。」

「真的，老師，孟泥泥不會做這種事。」田芳瑜也在旁邊主持正義。

「你們在說什麼啊！這件事跟潘正閔沒有關係。泥泥，快點進來，主任要跟妳說話。」導師催促她。

泥泥緊張兮兮的走進訓導處，平常只有犯錯違規的同學才會被叫到這裡，她到底做了什麼事？

原來是報社記者看到網路上流傳的一則消息「搶救公主泥泥行動」，輾轉打聽到這位泥泥就是孟泥泥。

「妳什麼時候變成一位公主啦？」導師問她。

她要怎麼解釋呢？她自己也是一頭霧水，「公主泥泥」只是她自己給自己的稱呼，也只有要好同學和朋友才知道。

訓導主任把一張紙遞給泥泥，「妳看一看，這是我從網路上印下來的，到底是怎麼一回事？」

泥泥一看那篇網路消息的內容，差一點昏倒，逸豪大哥竟然把她打工籌措畢業旅行基金的事情，登在網路上，還形容她是一位落難公主，每天都要做很多家事，因為生活困難，只好放學挖蕃薯、拔蘿蔔、做布偶……換取一點小錢。文章最後，逸豪大哥寫著，「公主泥泥不需要白馬王子，只希望有人幫助她實現畢業旅行的夢想。」

泥泥只好把媽媽不讓她參加畢業旅行的事簡單說明，「可是，這篇文章不是我寫的，我要靠自己的力量，我不會去求別人施捨的。」

訓導主任嘆了口氣，「只要不是壞事情，學校是不會反對妳接受採訪的，午休時候，記者會來，妳自己把這件事跟他們說清楚吧！我已經擋掉好幾通電話，一直逃避也不是辦法。」

泥泥變成了新聞人物

剎那之間，孟泥泥變成了名人，走到哪裡，校園裡都有人指指點點，甚至跑到六年八班的窗口來看她……

泥泥幾乎是用跑的衝出訓導處，一顆心跳得好快，她喘著氣跟芳瑜說：「慘了啦！你哥闖禍了，我這下子真的落難了，妳趕快打手機給他，說公主泥泥遇難了，他如果不來，我會死得很慘。」

記者訪問泥泥的時候，逸豪大哥果然趕到，他也沒想到小小一封信會引起這麼大的迴響，他跟記者解釋說：「我看到泥泥那麼辛苦，不忍心，所以發了信給我的朋友。」

當記者瞭解了整件事的來龍去脈，問泥泥自己的想法，「我……我還是希望靠自己的力量籌措畢業旅行的錢，如果有人喜歡我做的布偶，他們可以買我的布偶，這樣也是幫助我啊！」

第二天，這篇訪問稿〈公主泥泥和她的布偶們〉登了出來，雖然篇幅不大，卻還是引起了注意。接著，電視臺也來採訪，有人說要捐錢給泥泥，有人說要收養泥泥，甚至有企業的負責人說，要供應她念書到博士為止……

剎那之間，孟泥泥變成了名人，走到哪裡，校園裡都有人指指點點，甚至跑到六年八班的窗口來看她，想要認識她，希望因此也能跟她一起上電視。

賴佩珊那夥人氣得眼睛噴火，難聽話又開始出籠，「哼！真丟臉，還跟人家要錢，王禮涵，你說，這叫做什麼？」

「這叫做乞丐，孟泥泥是丐幫幫主。」王禮涵跟賴佩珊一搭一唱。

李秀華也說，「我們班的臉都被她丟光了，沒有錢去畢業旅行？鬼才相信，根本就是故意想出風頭。」

孟泥泥不想理他們，只希望像以前一樣，安安靜靜過日子。況且，她已經透過逸豪大哥全權處理她的事情，她不再接受採訪，也不接受金錢的捐助。

當李叔叔知道泥泥將別人送的錢全部退回，把她臭罵了一頓，「家裡都沒有錢吃飯了，妳還把錢推出去，我看妳不必上學了，跟妳媽去市場賣東西，沒見過妳這麼不懂事的小孩。」

媽媽把泥泥叫開來，「妳回房間去寫功課，以後有什麼事情，記得跟大人商量，人家田逸豪又不是妳什麼人，怎麼可以代表妳？」

泥泥坐在窗前，撐著頭，撇著嘴，實在想不明白，為什麼大人這麼愛錢，一談到錢，大家的態度都不同了，怪不得有人中了樂透彩，不是被搶就是被殺或是被綁票，錢，真的好像惡魔的詛咒。

當她週末把新做好的貓布偶拿給逸豪大哥時，提出了心中的疑問，逸豪大哥卻告訴她，「錢，本身不是壞東西，只要取之有道，也就是說，理直氣壯的取得，就沒有關係。」

「我也是這麼覺得，不然，我以後幫鄰居打工都不敢拿錢了，好像我很愛錢。」泥泥伸伸舌頭。

「泥泥，我還要告訴妳一個好消息，有一家玩具公司的負責人看了妳的報導，要我寄妳的布偶圖片過去，沒想到，他們看了很喜歡，希望能親眼看到妳做的布偶，如果一切順利，他們就會跟妳簽約，製作妳設計的布偶，而且就叫做『泥泥娃娃系列』，那位負責人說，這樣幫助妳，更有意義。」

田芳瑜也說：「對啊！我哥本來想等事情確定了再告訴妳，可是，泥泥，我太興奮了，因為那位老闆說，簽約金就有十萬塊，十萬塊！」

泥泥開始尖叫，「真的嗎？我不是在作夢？這是真的嗎？快捏我一下……好痛，是真的，那我可以去畢業旅行了！」

她緊緊抱住逸豪大哥，「不管會不會簽約，我都已經很高興了，逸豪大哥，你真的是上帝派給我的天使，你比超人還厲害。」她的眼淚緩緩流下，她真的不是掃把星，她是幸運之星。

想到這裡，她跳了起來，「我要去告訴潘正閔，他今天剛好出院。芳瑜，妳陪我一起去醫院，好不好？」

「傻泥泥，妳求她幹嗎？我去幫妳撐腰，我以後就是妳的經紀人了。」逸豪大哥拿了機車鑰匙，拍拍她的頭。

潘正閔已經辦好出院手續，一家人提著大包小包的袋子，剛好走到醫院門口，不出泥泥所料，賴佩珊也在旁邊。泥泥跳下機車，奔跑的腳步有一絲遲疑，逸豪大哥在後面為她加油，「記住，公主泥泥是不怕任何惡勢力的。」

她深深吸了一口氣，繼續跑了一半的腳步，衝到潘正閔面前，差點撞倒他，「潘正閔，很高興你的腦袋還是好的，我還要告訴你更棒的消息，我已經籌措到去畢業旅行的錢了。」

賴佩珊用鼻子哼了一聲，「潘正閔，你要跟一個到處要錢的人說話嗎？」然後，她轉過頭去，「潘媽媽，她就是那個特大號的掃把星——孟泥泥，就是她害潘正閔差一點腦震盪的，你們要跟她保持距離，不然，就會粉身碎骨。」

未料，潘媽媽卻笑咪咪的說：「妳就是公主泥泥啊？我在報上看到妳的報導，妳很勇敢，我很高興小閔有妳這樣的同學，謝謝妳來看小閔。」

賴佩珊沒料到是這樣的結局，碰了一鼻子灰，悻悻然走到一邊去，斜著眼瞪泥泥。

潘正閔略顯蒼白的臉，閃過一絲紅暈，「公主泥泥，在妳的字典裡，真的沒有『困難』這兩個字啊！我看，我們要準備討論畢業旅行的節目了，對不對？」

★會飛的摩天輪

我覺得我好像長了一對翅膀，突然會飛了，我好感謝發明摩天輪的人，讓沒有機會坐飛機的我，可以嘗到飛翔的感覺。

畢業旅行終於成行了，泥泥興奮得幾天都睡不好覺。

出發前一天，剛好遇到寒流來襲，媽媽還試圖阻止泥泥，跟她說：「妳身體不好，而且沒有出過遠門，再加上妳又沒有禦寒的外套，我看妳不要去了，在家裡幫阿姨的忙，快要過年了，皮包的生意特別好。」

「阿姨，妳放心，這樣剛好訓練我的抵抗力，就像梅花愈冷愈開花一樣。而且，芳瑜也答應我，借我一件有帽子的大外套。」泥泥爭取許久才順利成行，況且，她跟潘正閔設計了很多團康，正要大大發揮一下，怎麼可以輕易動搖呢？

當她終於坐在內湖的摩天輪上面，望著四周愈變愈小的景物，她緊緊捉住田芳瑜的手，「妳知道嗎？我覺得我好像長了一對翅膀，突然會飛了，我好感謝發明摩天輪的人，讓沒有機會坐飛機的我，可以嘗到飛翔的感覺。」

「妳不是說可以利用簽約的十萬元搭飛機去美國看袁大乘嗎？」芳瑜問她。

「可是，我一個女生跑去找他，有些奇怪，為什麼不是他回來看我？而且，這十萬塊我有別的計畫。」媽媽的生日快到了，她想買一件漂亮的衣服送媽媽。

芳瑜偏過頭看看她，「泥泥，妳是不是像賴佩珊說的，變心了，妳慢慢忘了袁大乘，開始喜歡上潘正閔。」

「那不一樣，真的不一樣。」泥泥小聲說，有些心虛。夜晚時分寫日記，她也會問自己，為什麼常常用力想，都想不起袁大乘的模樣？每次在夢裡遇見他，他四周好像圍繞著濃濃的霧。

晚餐後，泥泥跟潘正閔聯手帶大家玩遊戲，從考驗應變能力的「三心兩意」、測驗默契的「七手八腳」，玩到展現戲劇細胞的「黑客任務」……大家嗨到最高點，快要玩瘋了。

擔任畢業旅行總指揮的齊老師，在活動結束時，對大家說：「我們這次非常謝謝潘正閔同學和孟泥泥同學，準備了這麼精彩的節目，大家給他們兩次愛的鼓勵。」

當掌聲響起，泥泥眼角溼潤著，卻在不經意間，看到賴佩珊轉過頭去，非但沒有鼓掌，整張臉充滿怒氣與不屑。看樣子，她跟她之間的怨已經愈結愈深。為什麼她喜歡的人，剛好也是賴佩珊喜歡的人？還是，賴佩珊知道她喜歡誰，就故意跟她搶？

太複雜了，她寧願跟所有人都做好朋友。

睡覺前，田芳瑜打手機回家，順便問泥泥，「妳要不要打電話給妳阿姨？」

「我玩得那麼開心，她會受刺激的，她都沒看過101大樓。」泥泥搖搖頭，可是，心裡隱隱有一股不安的感覺，說不出來為什麼？還是跟芳瑜借了手機。沒想到，已經是晚上十點多，家裡卻沒有人接電話，再怎麼說，弟弟應該在家。

「芳瑜，可不可以拜託妳哥去我家看一下，我好緊張，心跳好快，不知道為什麼？」

十一點多，房間裡的同學都睡著了，芳瑜枕頭邊的手機突然震動，泥泥嚇得差點跳起來，是逸豪大哥的電話，芳瑜靠近手機小聲「喂！」不知道是太冷還是害怕，泥泥不停的發抖。

原來是媽媽在市場擺地攤，遇到警察來取締，開了罰單，媽媽求警察把罰單撕掉，警察不肯，她就跟警察打架，被抓到派出所去了。

媽媽真厲害，竟然敢跟警察打架？不對，她不該這麼想，媽媽這個月已經被開過三次罰單，她早就勸媽媽不要擺地攤，媽媽都會眼睛瞪得大大的，「那我們要吃什麼？吃空氣嗎？小孩子，不懂事。」

芳瑜擠到她床上問她，「怎麼回事？」

「我媽媽跟警察打架。」她又問逸豪大哥，「我媽有沒有受傷？我要跟老師說，我要回家去。」

「沒關係，一點小傷，她現在已經回家了，我會隨時幫妳注意，只剩一天了，妳還是繼續畢業旅行吧！」逸豪大哥安慰她。

懷著忐忑不安的心，泥泥也玩不起勁了，走在金瓜石黃金博物館的小路上，變得非常安靜，于新蕙問她，「泥泥，妳不舒服嗎？妳怎麼都在發呆？」

「她在懺悔，」賴佩珊冷冷的說，「有那麼一個會跟警察打架的媽媽，真是夠丟臉了。」

身邊的同學立刻抬起頭，七嘴八舌，議論紛紛，異樣的眼光像箭一般射過來，泥泥的背脊彷彿爬過一條冰冷的蛇。她知道，一定是昨天晚上跟她住同一間的李秀華透露的。可是，她不想找任何人算帳，也不想多解釋，把眼光投向遙遠的大海。她真的不知道，為什麼自己身邊的人麻煩不斷，她跟媽媽隔了那麼遠，總不會是她害的吧？

平常，媽媽只會處罰她，還有跟李叔叔打架，她幾乎沒有看過媽媽跟別人動手動腳的，會是李叔叔失業造成的影響嗎？可是，李叔叔失業又不是一天的事，難道是李叔叔外遇？因為媽媽太凶，所以他喜歡上別的女生？媽媽生氣沒地方發洩，只好打警察出氣。

真的是這樣嗎？

當泥泥拎著九份芋圓，輕輕推開家門，客廳靜悄悄的，弟弟佳龍正在看漫畫，奇怪，他不怕被媽媽看到挨罵嗎？

「阿姨呢？你還不快去寫功課？」泥泥端出姐姐的威風。

佳龍連頭也沒抬，繼續看漫畫，過了好一會兒才說：「媽媽在房間裡哭，才不會管我呢！」

媽媽在哭？難道泥泥真的猜對了？

她敲敲媽媽房門，沒有人回應，她轉了一下門把，媽媽坐在床邊，大概哭了很久，正在中場休息，因為光線很暗，看不出來她臉上的表情，整個身影就像外面的冬天一樣蕭瑟。

「阿姨，我回來了，要不要……洗米煮飯？」

媽媽沒有說話，吸了吸鼻子。

「李叔叔呢？」泥泥不敢說出她的猜測，試探性的問。

「他最好死在外面永遠不要回來，我怎麼那麼命苦，嫁了一個死老公，又嫁了一個壞老公，我活著還有什麼意思？」

「阿姨，妳還有我，還有佳龍。」泥泥安慰她，「我永遠不會離開妳的。」

「就是妳，就是妳這個掃把星，自從我生下妳以後，就沒有過過一天好日子。妳李叔叔把我辛辛苦苦賣皮包存的錢拿去賭博輸光了，他本來不是這樣的人，他以前對我很溫柔很體貼的……」媽媽又開始歇斯底里的大哭。

李叔叔不是外遇，那還好，她可以把自己的簽約金給媽媽，雖然，那樣她暫時不能去看袁大乘了，可是，她更不忍心看媽媽傷心。只要她繼續做布偶，以後還是可以賺錢的。「阿姨，那妳可以把我的錢拿去用，就是妳前幾天幫我去存的十萬塊。」

「就是妳這十萬塊害了妳李叔叔，他想用這些錢賺錢，結果賠光了，又偷我的錢想要去翻本，結果全部都沒了……」

都沒了？「阿姨，妳是說李叔叔把我的錢拿去賭博輸光了……」天啊！這下子換泥泥哭了，她好像從快樂的摩天輪上面摔了下來，剛剛燃起的希望，摔成粉碎，一切又回到原點，她又要從頭開始。

「都是妳，都是妳啊！」媽媽捶打著她。

泥泥不知道哪裡來的勇氣，抹了抹眼淚，「阿姨，妳不要什麼都怪別人，妳自己也有責任。我看過書上寫的，妳如果一直想要依靠男人帶給妳希望，妳就永遠無法靠自己站起來。」

泥泥走出房門，把九份芋圓放進冷凍庫，她的心也跟著結凍。本來她還想，今天晚上煮了芋圓，放一些她自己做的桂花醬，全家人一人一碗，望著碗裡冒著的白煙，會是一個多麼溫馨的夜晚。現在，她好想離開這個家，是不是只有她遠離，才能帶走所有的不幸？

悲傷的演講比賽

泥泥想到評審老師聽完潘正閔的演講，大概根本不想聽她的了。那她就做最壞的打算吧，反正再差就是最後一名，總要有人最後一名吧！

每次到了班際演講比賽，各班都在打聽別班派出什麼奇兵，深怕第一名的寶座被搶走。泥泥的六年八班從來沒得過名，賴佩珊、袁大乘先後出馬，也只得過第三名，所以他們班的參賽興致不高。

班上選了半天，才決定由吳秀蘭代表參賽。不曉得她是臨陣怯場，還是真的生病，比賽當天早上，吳媽媽打電話來，說吳秀蘭感冒了，喉嚨發炎發不出聲音。

當初票選第二高票的于新蕙知道要換她去比賽，嚇得一直哭，跑去辦公室哀求導師，說她只會背稿子，不敢參加即興演講。

導師非常生氣，到班上問大家，「這是班級的榮譽，你們都不顧了嗎？難道要老師去參加嗎？」導師環顧全班，「賴佩珊，就換妳吧！妳參加過，有經驗。」

王禮涵回頭對她豎起大拇指，「妳去啊！」

賴佩珊卻坐著沒動，「想去，你自己去，我才不要去丟臉。明明知道選不上，幹嘛還要去參加，你不知道啊！只要有六年五班的潘正閔參加，誰都不要想得名。」

謝佑莉卻不以為然，「妳是怕搶走潘正閔的第一名，他就不理妳了吧！」

「好了！你們趕快決定，我是絕對不容許棄權的，如果沒有人自願，老師就用抽籤的。」

大家面面相覷，深怕抽到自己，當場出糗，從此遺臭萬年，這故事在學校流傳幾代，那才丟臉呢！

就在這時候，泥泥舉起手來，「老師，我去參加比賽。」

所有人的嘴巴張得好大，孟泥泥？不會吧！她雖然作文寫得好，可是，平常只會吵架，口齒不是很清楚，國語發音也不準確，更沒有上臺經驗，唯一的一次跳舞比賽，差點把臺下的人笑死掉，她去搞笑還差不多。

「老師，孟泥泥如果代表我們班上，我寧願去撞牆。」王禮涵大聲抗議。

「那麼你就代表參加啊？如果沒有人願意，我們就派孟泥泥去了，老師不是常常說，要勇於接受挑戰，不畏困難，才能成功。」

導師說得輕鬆，泥泥可一點不輕鬆，若不是看大家推來推去，很沒骨氣，她才不要淌渾水。反正她常常出狀況，頂多再出醜一次。如果袁大乘在就好了，他一定會教她怎麼說？

眼看著下午就要比賽，泥泥想到了潘正閔，雖然彼此要變成競爭對手，不過，她想，潘正閔不會那麼自私的。

果然，潘正閔跟她說，「因為時間很趕，我也不知道要怎麼教妳，妳就保持平常心，不管妳抽到什麼題目，都盡量說妳平常的生活經驗，這樣最自然，也比較不會被扣分。」

全部二十一個同學，泥泥抽到的是十五號，而且就在潘正閔後面，陪她參賽的導師安慰她，「這樣比較好，妳至少聽過前面同學怎麼說，比較能掌握重點。」

可是，泥泥想到評審老師聽完潘正閔的演講，大概根本不想聽她的了。那她就做最壞的打算吧，反正再差就是最後一名，總要有人最後一名吧！她就犧牲一下，成全別人。

這麼調整心態，泥泥的緊張程度就減低了一些。她抽到的題目是「我最高興的一件事」，她立刻聯想到不久前的畢業旅行，彷彿長了翅膀的摩天輪，帶她飛到夢想的國度。

萬萬沒想到，在她前面一號的潘正閔抽到的題目跟她一樣，更糟的是，潘正閔說的內容，恰好是畢業旅行。他為什麼不說他被車子撞倒，差點醒不過來的事？那麼，泥泥要換個故事嗎？她最高興的事就是別人不要說她是掃把星。

想到掃把星，她的眼淚差點流下來。昨天晚上，李叔叔喝醉了回家，媽媽又跟李叔叔吵架，還說要跟他離婚，李叔叔竟然罵媽媽是掃把星，娶了她，就開始倒楣。到底，她跟媽媽，誰才是掃把星？為什麼大家都不肯為自己負責，喜歡把責任推給別人？

想到這裡，導師推了推她，「孟泥泥，要輪到妳了。」

她抬頭一看，已經演講完的潘正閔笑咪咪的正在鞠躬，她連忙起身，走到前面去。當麥克風傳出「十五號，六年八班孟泥泥同學，題目是——我最高興的一件事。」她深呼吸一口，腦袋裡只有媽媽和李叔叔吵架的場景，緩緩走上臺。

自然而然的，泥泥開始說起自己的故事——

「我從小就被大家罵成掃把星，其實我很希望帶給大家快樂。不知道為什麼，我不管走到哪裡，總是會帶給別人不幸，就連前不久潘正閔跟我走在一起說話，也被車子撞了，差點腦震盪，還好他醒了過來，不然剛剛上臺演講的就是鬼魂了。」說到這裡，臺下笑成一片。

泥泥吸了一口氣，挺起胸膛，「可是，不管別人怎麼罵我，都沒有關係，我只希望媽媽愛我，媽媽瞭解我。但是，我聽人家說，媽媽擔心我會帶給她不幸，所以聽信了算命的話，不准我叫她媽媽。當我跌倒的時候，當我傷心的時候，當我需要有人關心我的時候，我都不能叫媽媽。我只能在夢裡一遍又一遍的叫媽媽，所以，我最高興的事，就是有一天，我可以不再叫她阿姨，而是大聲叫她『媽媽』！」

泥泥說到這裡，已經哽咽了，她好怕媽媽跟李叔叔離婚，那她的家就要破碎了，而且也印證了她真的是個掃把星。

當她回到座位，導師遞了面紙給她，緊緊的抱住她，「對不起，泥泥，老師不知道妳的故事，還常常處罰妳……」

「沒關係。」泥泥搖搖頭，開始擔心媽媽知道她說出這個祕密，會不會從此以後不理她？可是，剛才實在太緊急了，她也不知道要說什麼。

全部同學演講完以後，評審老師聚在一起討論，立刻由教務主任宣布名次。

「第五名五年三班廖文豪，第四名六年七班章家珍，第三名五年九班林心如……」，聽到這裡，泥泥有些失望，她還以為自己最少可以拿到第五名，這下希望落空了，她跟導師對不起，導師拍拍她，「不要緊，老師覺得妳說得最棒就好了。」

緊接著繼續宣布，「第二名六年五班潘正閔……」，潘正閔沒有得到第一，那會是誰得第一呢？與賽者私底下猜測著。

教務主任停頓了一下，「這學期演講比賽得到第一名的同學很特別，也是我們學校從來沒有過的紀錄，所有的評審老師都給了她最高分，她就是六年八班孟泥泥同學。」

全場鴉雀無聲，靜默了一秒鐘，突然響起熱烈的掌聲，大家都回頭看她這位半路殺出的黑馬。

「恭喜妳了。泥泥。」導師握住她的手。可是，泥泥卻一點也高興不起來，誰知道她心裡有多麼沉重的負擔，她才十二歲，卻好像已經活了二百年那麼久，背負了兩世紀的苦難。

誰是我真正的媽媽？

她一定是孟泥泥的媽媽，你們沒有注意聽啊，她一直叫的是泥泥、泥泥……

由於學校的大門平常是開放的，所以，大家都可以自由進出。曾經有家長反應，這樣很危險，萬一小孩被綁票或是跑出學校怎麼辦？

但是，校長認為，學校不是監獄，不應該大門深鎖，他希望每個人到學校都是快快樂樂的來學習，至於閒雜人等，他會請警衛密切注意。

泥泥很欣賞校長的說法，還請逸豪大哥寫信到報社投書，讚美校長的民主作風。沒想到，過沒多久，學校混進了一位奇怪的媽媽，引起了很大

的風波。

其實，也不能怪警衛伯伯，那位媽媽從外表看很正常，穿的衣服也很乾淨，不像鎮上某些精神失常的人，非但不洗澡，全身散發惡臭，而且衣服也是破破爛爛的，露出大腿，甚至露出屁股，多看一眼，還會長針眼。

這位媽媽一間教室一間教室遊走，口裡念念有詞，「玲玲，妳在哪裡？妳不要躲起來，媽媽不打妳了。妳出來啊！妳要玩捉迷藏嗎？媽媽找不到妳，吃不下飯，睡不著覺……玲玲啊！」

她的叫聲時大時小，有的班級正在考試，同學們東張西望，被吵得無法寫考卷；有的班級正在操場上體育課，她見人就抱，女生被她嚇得四處亂竄。

老師發現情況不對，立刻請警衛把這位媽媽帶出去，她在大門外面又喊又叫，「還我玲玲，你們不要搶走她，玲玲，跟媽媽回家！」

午休時間，大家議論紛紛，在走廊上遇到，也互相探查--

「你們有誰看過這個媽媽？」

「她找的玲玲是不是念過我們學校？還是就在我們學校？」

賴佩珊哼了一聲，「你們真笨，這麼簡單的題目都猜不出來，我說啊，她一定是孟泥泥的媽媽，你們沒有注意聽啊，她一直叫的是泥泥、泥泥，而且上次孟泥泥演講，不是說她的媽媽不讓她叫媽媽，那是因為那根本不是她媽媽，她親媽媽發瘋了，所以被現在的媽媽收養了。」

田芳瑜走過去大聲抗議，「妳不要亂說，她才不是泥泥的媽媽，她已經精神失常了，說的話能相信嗎？」

「要不然，叫孟泥泥來對質。」王禮涵在一旁幫腔。

泥泥早就聽到大家的談論，因為一場演講比賽，她變得全校聞名，連去洗手間，都有人指指點點，所以瘋媽媽的出現，很容易就被大家聯想在一起。她好怕這是真的，明明聽到走廊上在點她的名，她假裝沒有聽到，躲到教室外面去。

潘正閔剛好經過她身邊，問她，「泥泥，妳要去哪裡？要上課了。」

「我……我……」泥泥說不出口。

「我知道，妳在為那位找女兒的媽媽煩惱。平常妳不是最喜歡追根究柢嗎？那妳就去找出答案來，證明她不是妳媽媽。萬一她是妳媽媽，也沒什麼好丟臉，她只是太想念自己的女兒才會變成這樣罷了。」

泥泥覺得有一絲羞愧，竟然被潘正閔看穿了她的心。換了任何人，都不願意有這樣的媽媽吧！瘋媽媽的女兒是不是也是因為這樣，所以離開了她？

放學時，泥泥經過派出所，剛好看到瘋媽媽被警察帶出來，她鼓起勇氣走上前，問警察叔叔，「請問你知道這位媽媽叫什麼名字嗎？」

「我們正在查，還不知道。」警察揮揮手，接著皺了皺眉頭，「怎麼？妳知道她是誰？」

「我也不知道。」泥泥搖搖頭。

她拐到田芳瑜家，想請逸豪大哥幫忙，「你是不是可以把瘋媽媽的照片登上去，請大家幫忙找出她的身分？」

逸豪大哥二話不說就答應了。

回到家，泥泥愈想愈不安心，仔細打量媽媽，覺得她倆真的一點都不像，媽媽有一雙大眼睛，而她的眼睛只比蝌蚪大一點，媽媽的皮膚白晰，她卻像黃黃的泥巴，媽媽的嘴像櫻桃，她卻是厚厚的……唉！如果證實她不是媽媽的女兒，她該怎麼辦？

趁著媽媽去市場賣皮包，李叔叔喝醉酒在沙發上昏睡，泥泥進了媽媽房間翻找證據。但怕被弟弟佳龍發現告密，只好設定目標，每天找一個櫃子。

結果，在一個鐵製的餅乾盒子裡，看到了她小時候跟爸爸媽媽的合照，照片背後寫著「繁中和麗美的愛情結晶——泥泥」，以及爸爸當年追求媽媽的情書，還有爸爸送給媽媽的手帕、蝴蝶結髮夾……。

她摸著照片上的爸爸，真的很英俊，不輸給韓劇的男主角，為什麼他沒有把漂亮的部分遺傳給她？擔心她會紅顏薄命嗎？

照片上的一家三個人，好幸福，為什麼上天要把爸爸的生命奪走，讓她變成沒有爸爸的孩子，即使有媽媽也不能叫媽媽，那不是跟孤兒一樣嗎？她的眼淚滴在照片上面，急忙擦掉，放回盒子裡。

讓泥泥意外的是，鐵盒子的最下層竟然有五封袁大乘寫給她的信，看郵戳是袁大乘去美國不久寫的，也就是泥泥誤以為他有了美國的金髮女友，就不再理她的時候。

媽媽為什麼這樣做呢？擔心她會思念袁大乘，就念不下書了？其實，她不專心念書，是因為她腦袋裡想的事情太多，跟袁大乘無關。那麼，是因為袁大乘跟她是同父異母的兄妹，像電視劇裡演的，所以媽媽拚命阻止他們交往？或是，袁大乘的媽媽是爸爸的前女友，所以媽媽連袁大乘一起討厭了？

★家裡出現了大惡魔

以前，媽媽打她，李叔叔還會救她，可是，現在李叔叔天天喝酒，變成一個可怕的酒鬼，想法也不一樣了。

她悄悄跑去田芳瑜家，把自己的重大發現告訴他們，「我真不知道自己應該高興，還是傷心？」

芳瑜建議她，「我覺得妳應該先大笑，因為妳阿姨真的是妳媽媽。可是，妳也應該大哭，因為妳媽媽破壞了妳跟袁大乘，害你們兩小無猜，沒辦法繼續青梅竹馬。」

逸豪大哥拍了拍芳瑜的頭，「妳在胡說什麼啊？變得跟泥泥一樣天馬行空了。泥泥，我幫妳查到那個瘋媽媽了，她是住在隔壁鎮上的人，她平常對女兒很凶，常常打她，有一天晚上她女兒跑出去，掉進河裡淹死了，她聽到消息，就變得瘋瘋癲癲，經常到附近的學校找女兒……」

「唉！為什麼現在有那麼多的暴力父母？我如果也跑出去，掉進河裡淹死掉，我媽媽是不是也會瘋掉？她應該感激我每次都乖乖站著讓她打，沒有跑掉。啊？糟糕，我媽媽要從市場回來了，發現我不在，真的要打人了。」泥泥跳起來。

「泥泥，我剛剛才煮了妳愛吃的皮蛋瘦肉粥，先吃一碗吧！」田媽媽走過來招呼她。

泥泥用力摟了田媽媽一下，「謝謝妳，妳實在比我媽媽更像我媽媽。我打包好了，不然，我的小腿就要血肉模糊了。」

當泥泥半跑半跳的趕回家裡，遠遠的就聽到媽媽尖叫的聲音，完蛋，

一定是發現她不在家，
又看到李叔叔在喝酒，
佳龍看漫畫，所以開始
發飆罵人了。

沒想到，卻是更慘烈的畫面，進了客廳，只見媽媽跟李叔叔扭打在一起，佳龍縮在角落裡，她過去抱住佳龍，問他，「什麼事情啊？他們為什麼打架？」

「我也不知道，媽媽一回來，就罵爸爸沒有用，不去工作，只會偷錢……」

「李叔叔又偷錢了？他怎麼知道媽媽把錢藏在哪裡？」泥泥感覺佳龍在發抖，他一定知道什麼，「你說，是不是你講出去的？」

「我不知道啦！我不說，爸爸就打我，我說了，媽媽就打爸爸……」佳龍哭了起來。「他們為什麼要打架啦？都是妳這個掃把星。」

她捏了佳龍的手臂一把，「你不准說我是掃把星，你們都很討厭，什麼都要怪別人，我就那麼倒楣，要生在這個家庭裡。」

就在這個時候，突然聽到李叔叔人罵一聲「謝麗美，妳這個恰查某！」他用力推了媽媽一下，「碰」的一聲，媽媽的頭撞向牆壁，額頭立刻流下血來，媽媽抱著頭，大喊：「救命！殺人了！李志高殺人了！」

李叔叔卻像失去理智，用力甩媽媽耳光，「妳給我閉嘴，不准喊！」

泥泥也開始發抖，怎麼辦？這樣下去，媽媽會死掉啊！她不顧一切衝過去擋在媽媽前面，「你不可以打她，你不可以！」

李叔叔遲疑了一下，稍稍清醒了，跌坐在沙發上。泥泥趁機打電話給逸豪大哥求救，沒多久，救護車來了，警車也來了，七手八腳的一團混亂，媽媽被送去了醫院。

經過急診室的處理，媽媽被送進加護病房，醫生說要觀察三天，看看有沒有腦震盪。

泥泥慌了，抓住逸豪大哥問：「腦震盪是不是就會變成植物人？那不是比變成瘋子更可怕？」

「妳不要擔心，妳回家就為媽媽禱告吧！我們全家都會為她禱告的。走吧！我送妳回去，已經半夜兩點多了，妳明天還要上課。」逸豪大哥安慰她。

雖然在這種兵荒馬亂的時刻，泥泥還是忍不住說：「逸豪大哥，如果不是你太老，我真的想要嫁給你，你對我真的很好呢！這個世界上，現在只有你對我最好。」

「好了，妳只要乖乖平安長大，不再惹麻煩就好了。」

泥泥伸伸舌頭，「這我可不敢保證。」

因為媽媽住在加護病房，泥泥放學必須立刻回家，洗衣服、燒飯、幫佳龍看功課、整理家務……這些她平常都在做，不覺得有什麼困難。可是，她看到醉眼惺忪的李叔叔，心裡卻湧起一陣恐懼，覺得李叔叔的心裡好像住了一個惡魔，變得猙獰不堪。以前，媽媽打她，李叔叔還會救她，可是，現在李叔叔天天喝酒，變成一個可怕的酒鬼，想法也不一樣了。

他一邊喝酒，一邊跟上門的廖叔叔聊天，廖叔叔勸他，「你天天蹲在家裡不是辦法，想辦法找點本錢，去做點小生意。」

「我哪裡有錢？我老婆被我打進醫院，連醫藥費都是問題。」

廖叔叔撇撇嘴，朝泥泥使了一個眼神，「她就是你的搖錢樹。別看她長得黑黑的，還挺有料的，嘿嘿……」

李叔叔搖搖頭，什麼也沒說，只是繼續喝酒。

泥泥躲進房間，鎖上房門，緊張得一直發抖，這不是電影裡養父出賣養女的情節嗎？李叔叔真的會賣掉她嗎？他會把她賣到哪裡去？

她拿出日記本，寫出心裡的恐懼與擔心。如果袁大乘在就好了。這個時候，她特別想念袁大乘，似乎，她最在乎的還是他。可是，他太遙遠了，遠得像天邊的星星，沒有辦法給她一點溫暖。

她跪在窗前祈禱，求上帝保佑媽媽平安，這樣媽媽就可以回來保護她；求上帝改變李叔叔，讓他像以前一樣溫柔對待媽媽，讓他很快的振作起來，她不希望她的第二個家也毀掉。

★好想叫一聲媽媽

她心裡有一股衝動，她要大叫一聲「媽媽」，說不定媽媽受到驚嚇，就會醒過來了。

因為媽媽住在加護病房，一天只有三次探病時間，泥泥每次都把握難得的機會，進去探望媽媽。

她本來還約了佳龍，可是，佳龍竟然說，「我不敢去醫院，醫院都是死人。」

難道佳龍一點都不想媽媽？李叔叔也是。他們兩個都是媽媽最愛的人，卻偏偏一點也不想接近她。

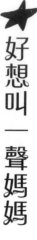

換上綠色的隔離衣，泥泥跟著護士阿姨走進去，每間病房住的都是很奇怪的病人，有的嘴巴張得好大，插著管子，好像他正陷在深海裡，沒有辦法呼吸；有的乾乾瘦瘦的，彷彿一片枯葉飄落在床單上；只有媽媽的臉，躺在粉紅色床單上面，像一朵美麗的睡蓮。

媽媽的眼睛緊緊閉著，泥泥輕輕碰她，她都沒有反應。她很著急的問護士，「為什麼我媽媽一直都在睡覺？我早上來她在睡，現在中午了還在睡？」

「因為她的情緒一直不穩定，醫生擔心她會做出傷害自己的動作，所以打針讓她休息。妳放心，妳媽媽很好，醫生說她沒有事的，再觀察兩天就好了。」護士阿姨安慰她。

泥泥坐在媽媽的床邊，握著媽媽的手，媽媽的手指細細長長的，如果媽媽生在賴佩珊那樣的家庭裡，應該會是一位偉大的鋼琴家，身邊圍繞著很多追求者，然後，生下一位真正像公主一樣漂亮白皙的女兒。

不對，不對，媽媽如果生在賴佩珊家，一定會是一個壞心眼的女生，專門欺負人，或是馬屁精，也可能是見錢眼開的人，一定沒有人喜歡她，她生下的女兒也會像她一樣討人厭，沒有人理睬，變得很可憐。

可是，像泥泥現在這樣，不也是很可憐？

她輕聲的跟媽媽說話，「阿姨，妳要趕快好起來，保護我，不然我就有危險了，說不定妳以後就看不到我了。」

媽媽似乎聽得到泥泥的話，她的身體抽動了一下，眼角滑下一行細細的淚水，停在臉頰上，閃閃發著光。

泥泥又繼續說：「阿姨，妳聽得到我說話對不對？妳可以告訴我，為什麼妳要把袁大乘寫給我的信藏起來，害我誤會他忘記我了。他一定是相信賴佩珊的話，以為我喜新厭舊，所以不理我了。」

媽媽的嘴脣好像要張開，卻沒有發出聲音。泥泥還想繼續問下去，護士就來催她出去了。她依依不捨的離去，跟媽媽揮揮手，「妳放心，家裡很好，我要回學校了，阿姨再見。」

走沒多遠，護士阿姨問泥泥，「妹妹，她不是妳媽媽嗎？為什麼妳叫她阿姨？」

泥泥苦笑了一下，「這是一個很長的故事了。」

快要放學時，泥泥收拾書包，急著要趕去醫院看媽媽，導師卻派人來叫她去辦公室。

說了「報告」，泥泥正想抱怨，導師為什麼在這個關鍵時刻找她，卻一眼看到教務主任跟導師交頭接耳，天啊！泥泥全身細胞又開始進入備戰狀況，是她成績太差，不能畢業？可是，從來沒有聽說過小學生會留級的，那到底是……

「孟泥泥，過來，主任有話跟妳說。」導師把泥泥叫過去。

「泥泥同學，下個月就是你們的畢業典禮了，高不高興啊？學校要派給妳一個重要任務，希望妳能全力以赴。」

「什麼事情？表演跳舞啊？」難道是今年畢業典禮加了餘興節目，可是，也輪不到她啊？她跳舞的水準不太好的。

「不是跳舞。」教務主任搖搖頭，「剛剛校長找我們去商量，決定今年要請妳代表畢業生致答詞，校長相信妳一定可以圓滿達成任務，留給大家一個難忘的畢業典禮。」

「啊？」泥泥的嘴巴張得像河馬那麼大，怎麼會是她？「主任，不行啦！應該找潘正閔，他品學兼優，我什麼都不會，我站上臺，會被所有畢業生丟雞蛋的。」

「所有的人選我們都考慮過，妳是大家公認的最佳人選。好了，蕭老師，就交給你了，你幫忙督促孟泥泥同學。」教務主任站起身，不給泥泥拒絕的機會。

泥泥幾乎要哭出來，腿都軟到沒力氣站起來。導師勸她，「泥泥，老師知道妳一定可以勝任的，老師對妳有信心，妳回去想想，反正時間還早，還可以慢慢準備。」

什麼慢慢準備？大人就是這樣，說得好輕鬆，卻把燙手山芋交給她。她從今天晚上開始就會失眠了，細胞也會死一大半。上一次演講比賽是誤打誤撞，硬著頭皮上場。提前準備，她反而不知道該怎麼辦？怪她自己不好，上次為什麼要多管閒事代表班上比賽，這下子麻煩大了。

背著書包衝往醫院，趕往加護病房，探病時間只剩五分鐘了，泥泥跑得氣喘如河馬，差點撲倒在剛要推進加護病房的病人身上。

沒想到，媽媽還在睡覺，泥泥推了推她，媽媽沒有任何反應。

護士阿姨說：「真是不巧，妹妹，妳媽媽剛剛醒過來一會兒，我還跟她說妳會來看她，她也說她要等妳來，誰知道她又睡著了。」

泥泥望著媽媽的臉，好像剛出爐的麵包，胖胖香香的，她忍不住偷偷親她一下，說：「阿姨，妳是不是不喜歡跟我說話，所以故意裝睡？妳是不是不敢面對妳把袁大乘的信藏起來的事，所以躲在妳的夢裡？」

難道媽媽以後都會這樣嗎？大部分時間都在睡覺，不再跟她說話？變成睡人？泥泥好擔心，眼淚在眼眶裡轉圈圈，幾乎要流下來。她心裡有一股衝動，她要大叫一聲「媽媽」，說不定媽媽受到驚嚇，就會醒過來了。

可是，萬一媽媽本來病快好了，她叫了「媽媽」，被路過的魔鬼聽到，媽媽的病情又惡化了怎麼辦？

她猶豫著、掙扎著，都決定不了要不要開口？這是大事啊！她不能這麼草率，如果發生不幸事件，她擔待得了嗎？畢業生致答詞都夠讓她腦袋一百個大了，她不能再惹禍上身。

臨要離開病房，泥泥還是跟媽媽說了她的心事，「阿姨，我要跟妳說一件大事，妳一定覺得不可思議，學校派我代表畢業生致答詞，我快嚇死了，他們說這是最高的榮譽，我覺得是判我死刑。妳趕快起來幫助我，不然我會心臟病發死掉。妳要趕快起來喔！我真的會嚇死掉喔！」

★櫥窗裡的怪怪模特兒

人造模特兒穿著粉綠、粉藍、粉黃、粉紅的衣服，當泥泥一靠近，模特兒的頭就一一滾了下來……

回到家裡，難得李叔叔沒有喝醉酒，只是用奇怪的眼神望著泥泥，「妳怎麼現在才回家？又去跟男生鬼混了？」

「我沒有，我去醫院看阿姨。」泥泥把她託鄰居廖媽媽買的菜放在桌上。

「有什麼好看？她根本就是在裝死，碰那幾下有什麼了不起，她是故意賴在醫院享福，不想回家。我餓死了，家裡什麼吃的都沒有。」

李叔叔揮舞著手。

「阿姨對你那麼好，你為什麼要打她？她每天都煮那麼好吃的菜，現在都吃不到了。我只會蛋炒飯、炒青菜、煮玉米湯……我有什麼辦法！」泥泥忍不住哭了起來，一個家沒有了媽媽，什麼都不一樣了。

手忙腳亂煮好晚餐，端上桌，佳龍非但不幫忙，卻在一旁抱怨，「姊姊，妳真的很笨耶，每天都燒一樣的菜。」

「嫌東嫌西，那你不要吃啊！」泥泥瞪他一眼，「真是討厭的小孩。」

「我要去吃泡麵！爸爸，給我錢去買泡麵。」佳龍轉過頭跟李叔叔要錢。

很少罵佳龍的李叔叔竟然甩了佳龍　個耳光，「吵什麼吵？不知道爸爸沒有賺錢嗎？」

佳龍楞了一下，撇了撇嘴，不敢哭出來，知道耍賴無用，乖乖坐下來吃飯，飯桌上異常沉悶，泥泥隨便吃了一些，把剩菜剩飯裝進便當裡，一邊催佳龍快點吃完去洗澡。

等泥泥收拾完飯桌、流理臺，回房間寫功課，卻猛打哈欠，她這樣奔波實在太累了，忍不住趴在桌上睡著了。

她做了一個夢，自己一個人去逛百貨公司，走啊走的，卻發現百貨公司裡沒有一個顧客，每個櫃臺後面站的小姐都像假的模特兒，一動不動，只是咧嘴對她笑，卻笑得好怪異，讓她不寒而慄。

泥泥四處張望著，想要尋找出路，卻看不到大門在哪裡。

突然聽到有人叫她「泥泥，泥泥！」好像媽媽的聲音，她循著聲音找去，卻看到好大的玻璃櫥窗裡，站了一排人造模特兒，穿著粉綠、粉藍、粉黃、粉紅的衣服，當泥泥一靠近，模特兒的頭就一一滾了下來，滾到泥

泥的腳前，泥泥嚇得拚命尖叫，就醒了過來。

揉揉眼睛，她卻被眼前的情形嚇到了，李叔叔不知道什麼時候跑進她的房間，坐在她對面，對著她笑，「泥泥，叔叔好想妳媽媽，讓我抱抱好不好？」

泥泥還在半夢半醒之間，一時反應不過來，李叔叔的手已經用力抱住她，抱得好緊好緊，讓泥泥幾乎無法呼吸。她只好大聲叫「佳龍！佳龍！」

佳龍只是在房門口看了看，晃了晃，就走了。

泥泥不得已，只好自力救濟，努力回想老師曾經教過他們，如果遇到歹徒或色狼，如何保護自己的方法。她用盡所有力氣去踢李叔叔，戳他眼睛，李叔叔鬆開手，一邊大罵，「妳這個恰查某，跟妳阿姨一樣，看我把妳賣掉！」

泥泥不顧一切推開他，往外衝，拉開大門，衝進夜色裡，哭得稀哩嘩啦，卻不敢停下腳步。一直跑，一直跑，跑了好長一段路，才發現自己竟然赤著腳，腳底刺到了路上的玻璃，流了血，她都沒感覺。

這麼晚了，她能去哪裡呢？只好慢慢走向田芳瑜家，這時候，只有他們家是她避風的港灣。

逸豪大哥開的門，看到泥泥那麼狼狽，連忙問，「怎麼回事？泥泥，快進來，是誰欺負妳了？」

泥泥只是低聲啜泣。雖然李叔叔對她毛手毛腳，可是，她還是不願意說李叔叔的壞話，只說他大概真的太想念媽媽了。

剛洗好澡的田芳瑜聽到泥泥聲音，一邊用毛巾擦乾溼頭髮，一邊跑過來說，「你不要逼泥泥了，她不會說的，我知道是什麼事，她曾經跟我說過，她聽到別人要李叔叔把她賣掉。」

「這太過分了，我要去報警。」逸豪大哥氣沖沖的站起來。

田媽媽勸住了他，「你不要這麼性急，先把事情弄清楚再說，沒憑沒據的，你去報什麼警？泥泥先住在我們家好了。小瑜，妳去找一套乾淨衣服給泥泥換洗吧！」

洗完澡，腳底也擦了藥，泥泥獨自坐在露臺的藤椅上，卻沒有睡意。只覺得剛剛的一切，像一場惡夢。抬起頭來，望著滿天閃亮的星星，想著，袁大乘是否也正跟她一樣，望著同一顆星？還是，他正在跟臉上長了雀斑的金髮女生有說有笑？

逸豪大哥走過來，問她，「泥泥，很晚了，還不去睡覺？小瑜都在打呼了。妳明天會起不來的。」

泥泥抱著膝蓋，搖搖頭。

「還在為李叔叔的事情煩惱？」

「不是，我已經原諒他了。他以前對我很好的，他現在一定是魔鬼住到他的心裡了，才會這樣。我是在煩惱我要代表畢業生致答詞的事情，我怎麼有資格呢？那麼多品學兼優比我棒、比我適合……」

「什麼？」逸豪大哥大聲歡呼，「泥泥，妳的時代來臨了。真的，這是喜事啊，妳一定會有一個難忘的畢業典禮。」

「拜託，你有沒有搞錯，我這下子糗大了，即使很多年很多年以後，鎮上的人都會把我們的畢業典禮當作笑話不斷流傳著。真的，這是一個錯誤的決定，我不能害校長最後被開除，也不能害我們導師一輩子都不能當老師。我明天要去拒絕他們。」

泥泥這麼決定之後，她終於可以睡一個好覺了。

學校變成了悶燒鍋

賴佩珊的爸爸，還有另外幾位家長會代表，出現在校園裡，校長室裡不斷有人進出，校園裡的溫度也好像突然升高了，變成一個大悶鍋。

很多事情，不是我們想怎樣，就可以怎樣的，泥泥打算拒絕代表畢業生致答詞的事情，還沒有說出口，她跟田芳瑜走進學校，就已經感受到四處瀰漫的怪異氣氛。

泥泥經過的地方，總有同學用不懷好意的眼神打量她，甚至竊竊私語。她碰碰芳瑜，「會不會有人知道昨天晚上發生的事？」

「誰那麼大嘴巴？而且，妳到我家已經很晚了，不會有人看到的。」

「那是我穿了妳的衣服，被別人看出來，知道我又離家出走？」

「不可能，妳不要胡思亂想，不要那麼敏感好不好？」芳瑜勸她，一邊走進教室。

隨即傳來賴佩珊的怪腔怪調，好像在唱歌仔戲，「這個世界瘋了，一個沒有人要的小孩，竟然可以代表我們畢業生？天哪！天在哪裡啊？？」

「是嘛！是嘛！我看是校長瘋了。」王禮涵大聲回應著。

李秀華在旁邊煽火，「我們要發動全校畢業生去抗議，佩珊，妳爸爸不是家長會會長嗎？要妳爸爸來啊！校長敢不聽他的話。」

向來保持中立的于新蕙也忍不住開口，「孟泥泥，妳怎麼敢答應呢？這不是平常的演講比賽，這是我們六年級的大事，妳的成績又不好，家裡又沒錢，妳這樣上臺，會被大家笑死，在被笑死以前，妳趕快去教務處報告。」

泥泥的臉漲得通紅，彷彿被鐵板燒燒得過久的肉排。芳瑜拉拉她，「不要理他們，好朋友就會站在妳這邊。我們讓導師來處理。」

泥泥擱下書包，兩眼盯著賴佩珊，用很慢的速度說話，「妳不要擔心，我會拜託妳心愛的潘正閔代表致答詞，這樣妳滿意了嗎？還是，妳希望學校派妳做代表？好啊！妳家反正錢太多，我把致答詞的權利賣給妳，十萬元，怎麼樣？」

賴佩珊被她嚇到了，楞在那裡，「我……我……」了半天，不知道要怎麼回答。

王禮涵幫她做了回答，「她家有錢，關妳什麼事，誰像妳這麼死要錢。反正我們等一下就會跟老師抗議，我們還要串連其他班級，看有誰站在妳這邊。」

「對！」有了人撐腰，賴佩珊又活了過來，「我們要抗議，看看老師站在哪一邊？」

可是，當上課鈴響，導師走進教室，李秀華舉手要發問，導師就揮揮手，要她坐下。

「老師知道你們要說什麼，校長已經做了決定，派孟泥泥致答詞。誰要你們上次演講比賽都躲起來，不肯代表班上？」想起上回的事，導師也有一肚子氣，「一個不懂得把握機會的人，錯過了，就不要後悔。好了，拿出課本，上課了。」

雖然導師這麼說，泥泥很感激，但是她早就打定主意，要推掉這件差事。首先，她要找潘正閔商量，只有他答應接手，泥泥才能去找校長。

潘正閔見到泥泥，就說：「恭喜妳啊！我剛剛聽到大家在傳，妳要代表我們致答詞。」

「啊？消息傳得這麼快，我還以為只是一件小事。你不要恭喜我，自從我聽到這個消息，我已經失眠好幾個晚上了。根本應該是你代表的，我哪有資格？」

「說實話，我本來也以為會是我，聽到消息，心裡酸酸的。後來想想，我得的獎也夠多了，可是，這卻是對妳最大的肯定，我相信校長也是這麼認為的。」

「唉！最近我的煩惱一大堆，已經快受不了，又多這一樣，被人嘲笑我不怕，可是，我真的覺得我必須拒絕，我本來就是一個笑話，現在要變成大笑話……」

「妳不要緊張，妳如果是擔心演講稿，妳寫好稿子，我願意幫妳看一看，我媽媽很厲害，文章寫得很棒，每次我演講，都是她指導我的。」潘正閔安慰她。

「那這樣更應該是你代表畢業生才適合！你的成績好，人緣佳，長得帥，又是大家心目中的模範，我什麼都不足，只是一團爛泥巴。」泥泥愈說，聲音愈小。

「喂！孟泥泥，這不像妳啦！妳怎麼變得這麼……沒志氣！」

泥泥搖搖頭，「你不懂啦……」邊說邊走開來，她現在心裡只記掛著媽媽，什麼事情都不想去想了。她知道，這件事不用她操心，自然就會有人出面處理。

果然不出泥泥所料，過沒兩天，賴佩珊的爸爸，還有另外幾位家長會代表，出現在校園裡，校長室裡不斷有人進出，校園裡的溫度也好像突然升高了，變成一個大悶鍋。

賴佩珊好整以暇的坐在教室裡，等著聽她的蝦兵蟹將來報告動靜。當消息愈來愈明朗化，賴佩珊神氣活現的說：

「妳看吧！我就知道真理是站在我這一邊，孟泥泥，妳應該去廁所照照鏡子，憑妳，一隻地上爬的小螞蟻，也想跟我這隻美麗的天鵝鬥？省省吧！」

「是嘛！是嘛！她如果上臺，醫院的急診室一定爆滿！」王禮涵說。

「為什麼？」李秀華問。

「因為一堆人都笑破肚皮、笑斷了腰、笑掉了大牙……」說完，班上笑成一堆。田芳瑜回頭望了望泥泥，只見她趴在桌上，什麼話也沒說。

泥泥心裡卻在想「士可殺不可辱」這句話，她的確是一團爛泥巴，但也可能做成一個舉世無雙的花瓶，如果她自己也放棄了機會，真的可能永遠是一塊團泥巴。如果她為自己爭取機會，是不是結果就不同了？這就是導師支持她到底的原因吧！

她要讓他們失望嗎？她要讓媽媽失望嗎？說不定她成功的代表致答詞，媽媽覺得臉上有光，會高興得突然醒過來。

於是，她緩緩抬起頭，站起來，挺起胸，一步步走出教室，走到校長室。她要告訴校長，她絕對不會辜負他的一番苦心。

★陽光溜進病房裡

這時候，昏暗的病房，突然亮了起來，外面的天空好像打開了，一道道陽光射了進來，媽媽的床四周閃著白色的光，好美好美。

校長實在阻擋不了幾位聲勢浩大的家長，提出了折衷方案，把六年級學生中，適合致答詞的人找來，先做一次事前比賽，再決定人選。

潘正閔決定挺泥泥到底，第一個就拒絕了。

賴佩珊想了想，沒有把握贏過泥泥，萬一輸了，豈不是更丟臉，也放棄了。

另外幾位人選也都沒有異議，就這樣，整件事沒有經過比賽，就算是

暫時平息了。

心懷不平的人，還是等著看泥泥的好戲，希望畢業典禮那天她會出糗，泥泥雖然緊張，卻開始用心準備。

媽媽的病情時好時壞，仍然住在醫院裡。泥泥不敢再回李叔叔的家，暫時住在田芳瑜家。雖然她不知道天堂是什麼樣子，但是，她覺得自己此刻好像到了天堂。

田媽媽發現泥泥實在太瘦了，每天煮好吃的菜，幫她補一補，這些菜幾乎是泥泥很少吃到的。不是因為家裡窮，而是有好吃的一定是佳龍吃，除非佳龍不吃了，或是佳龍吃剩的，才會輪到泥泥。

所以，她每一餐都把飯菜吃得乾乾淨淨，還搶先洗碗。

田媽媽笑著說，「妳來我們家，我變得沒有事做，什麼家事都被妳搶先做光了，可見得妳在家裡真的很辛苦。」

「我不辛苦，那是一種學習，我很喜歡做呢！」泥泥邊洗碗邊唱歌。

逸豪大哥對她更好，連芳瑜都忍不住吃醋，「哥，你有沒有搞錯，我才是你妹妹啊？」

逸豪拍拍芳瑜的頭，「妳已經享受了哥哥十二年的愛，分一點給泥泥，有什麼關係？」

為了即將來到的畢業典禮，因為泥泥堅持不讓田媽媽花錢買新衣服，逸豪大哥特別在拍賣網站用二百八十元標到一件小禮服，送給泥泥，粉橘的顏色，好像是為泥泥量身訂做的。

芳瑜則買了小珠珠，打算幫泥泥串一條項鍊。

當泥泥試穿著小禮服，一邊練習畢業典禮致答詞，田家幾個人的掌聲不斷，她激動得流下眼淚，跟芳瑜說：「我現在真的覺得自己好像公主一樣。」

媽媽已經脫離險境，但是，身體還是非常虛弱，經常昏睡，轉進了普通病房，繼續由醫護人員照顧。泥泥依然每天抽空去陪伴媽媽，念報上的新聞、說故事給她聽，幫她梳頭、洗臉。

媽媽清醒的時候，總是定定的看著她，好像認識，又好像不認識。如果泥泥問她，「妳知道袁大乘是誰嗎？他是我的好朋友，妳為什麼把他給我的信藏起來？我很想念他，有時候，我的心會痛。」

媽媽轉過頭去，不想聽她說話似的，不一會兒，就傳出鼾聲。泥泥猜想，媽媽不喜歡袁大乘，可能跟他家真的有什麼過節，也就不再提起。

明天就是畢業典禮了，泥泥知道媽媽是不可能參加的，趁著病房裡的病人出院了，她把病房門關起來，站在媽媽面前，對她說：「阿姨，也許妳睡著了，也許妳很清醒，我現在要在妳面前練習我明天要在臺上說的話，妳要為我加油喔！」

泥泥一句句說著自己的肺腑之言，「……今天，對每一位畢業生來說，都是一個重要的日子，對我也是一樣。離開學校以後，每個人都會努力實現自己的夢想，但是，我現在就有一個夢想，希望能夠立刻實現，就是我的阿姨，能夠病好，參加我的畢業典禮……」

泥泥哭了，可是，媽媽還是沒有動靜。她每天晚上的禱告，難道上帝都沒有聽見？會是她說得太小聲？或是她缺乏勇氣，不敢對抗魔鬼？

這時候，昏暗的病房，突然亮了起來，外面的天空好像打開了，一道道陽光射了進來，媽媽的床四周閃著白色的光，好美好美。

泥泥不知道哪兒來的勇氣，決定做一件事，她要孤注一擲，不管結果如何，她都要去嘗試。

她靠近媽媽的床邊，貼近媽媽的耳朵，一個字一個字很清楚的說：

「媽媽！我愛妳！妳一定要趕快好起來，明天我畢業，希望妳能來參加。」

媽媽還是沒有動靜，泥泥卻開始提心吊膽，張望四周，擔心被魔鬼聽到她叫阿姨為「媽媽」，魔鬼就會知道媽媽的真實身分，就會把她的生命取走。

當她回到田家，也是邊走邊回頭，好怕有什麼壞東西跟蹤她，剛剛轉進巷子，就聽到有人大喊她，「泥泥！」嚇得她差點摔倒。

揉揉眼睛，田家樓下的大門前，站著李叔叔和佳龍，反常的，兩個人是手牽著手的，也許是這一陣子相依為命，培養出來的感情吧！

「李叔叔……」泥泥低聲叫他，想到那個可怕的晚上，不由得縮緊身體，有些尷尬。

佳龍蹦蹦跳跳過來，拉著她說：「姐姐，爸爸想要來看妳，怕妳會罵他，要我陪他來……」

李叔叔搓搓手，「泥泥，李叔叔對不起妳，也對不起妳媽媽，可是，妳媽媽還是不原諒我，不肯見我，妳替我問候她。我已經找到一份工作，我希望妳媽媽再給我一個機會。」

說著，李叔叔遞了一個紙袋給她，「聽說妳明天畢業，李叔叔沒有什麼錢，買了幾本書送給妳。」

「謝謝。」泥泥眼眶溼了。

「再見。」李叔叔說，轉身離開，佳龍卻一直回頭，「姐姐，妳什麼時候煮玉米湯給我喝？」

「明天，明天我煮玉米湯。」她大聲回應。

望著他們遠去的身影，泥泥靠在大門上，摀住臉哭泣，眼淚從指縫中流出，緩緩流過手背、手腕，好像一塊乾涸的田地，得到了滋潤。

不一樣的畢業典禮

一股山洪要爆發的態勢，好像全班同學要分成兩派決一死戰了，泥泥想著她跟賴佩珊都狼狽不堪的樣子，到時候怎麼上臺？

對泥泥來說，這是她生平最難度過的一個夜晚，演講稿已經練得滾瓜爛熟，就算她因為緊張，暫時失去記憶，或是臺下嘲笑的聲音太大干擾了她，她還是可以順利講完。

雖然她曾經做過惡夢，她的小禮服被小偷偷走了，但是芳瑜安慰她，「萬一妳的惡夢真的發生了，沒有關係，我的衣服借妳穿。」所以，這也不是問題。

她也說不清楚，心裡害怕些什麼，只是翻來覆去睡不著。擔心吵醒芳瑜，只好悄悄走出房間，坐到陽臺上看星星，天空是淡淡的藍色，明天應該是晴天，可是，為什麼她的心好像是陰天？

剛剛結束上網，到廚房冰箱拿飲料的逸豪大哥，看到泥泥沒睡，關心的問她，「怎麼啦？是不是太緊張？」

泥泥搖搖頭，「你告訴過我，只要做了最壞打算，就不會緊張了。」

「那妳是？」逸豪大哥拉過一張椅子，邊喝沙士邊問她。

泥泥嚥了嚥口水，「我本來準備保守祕密的，可是，我好怕發生意外……」她停頓一下，決定不要把自己憋死，「我如果告訴你，你一定要保守祕密。」

逸豪大哥伸出小指頭跟她打勾勾，泥泥呼了一口氣，看看前後左右，確定沒有人偷聽，才靠近他的耳邊說，「我到醫院悄悄叫了我阿姨——媽媽，我好怕被魔鬼聽到，會把我媽媽抓走，我媽媽如果死了，我就是殺人凶手了……」

逸豪大哥差點笑出來，他不知道跟泥泥說過多少回，這明明就是一種迷信，因為泥泥的命很硬，叫自己的媽媽為媽媽，就會剋死媽媽？那叫自己的媽媽為阿姨，魔鬼就會相信？有這麼笨、這麼好騙的魔鬼嗎？

可是，他知道這個時候說這些，泥泥聽不進去，也安慰不了她，所以他說：「在醫院裡的魔鬼很忙，因為他要取走很多病人的生命，不會有時間聽妳說話的。妳放心，真要把妳媽媽抓走，妳叫媽媽的當天晚上就應該應驗了。」

「那她為什麼也沒清醒呢？」

「妳媽媽太累太辛苦了，要睡久一點才能恢復，醫生不是說，她的情況已經好轉許多了。說不定，她會給妳一個驚喜呢！」

泥泥嘆了一口氣，「我沒有爸爸，不能跟爸爸撒嬌，有媽媽，卻不能叫她媽媽，我真的很難過。」泥泥的淚水緩緩流下，她到底做了什麼壞事，才比別人苦命？

擤了擤鼻子，好像把所有負面的情緒都擤走了，泥泥用力擠出笑容，跟逸豪大哥扮了一個鬼臉，「我會繼續禱告的，我相信天使會打敗魔鬼的。」

因為睡得太晚，泥泥起床時，時問已經不早了，芳瑜早就穿上她的白紗洋裝，催促著泥泥，「快一點，要來不及了。」

梳洗完畢，田媽媽幫泥泥梳了公主頭，芳瑜幫泥泥戴上小項鍊，對著鏡子轉了轉，「我們好像是公主姐妹花。」興奮的表情充滿她們臉上。

田媽媽特地要陪她們去學校參加畢業典禮。泥泥還想先轉去醫院看媽媽，逸豪大哥說：「妳會遲到的，我幫妳去看媽媽，立刻趕過去跟你們會合。」逸豪大哥跨上機車，跟她們揮揮手說再見。

走進校門，好像到了王子舉行舞會的皇宮，每個人都變得不一樣了，男生帥女生美的，彷彿一夜之間綻放許多奇花異草。

警衛伯伯開心的跟她們打招呼，「孟泥泥，我從來沒看過妳這麼漂亮。」

泥泥害羞得低下頭，她自己很不習慣這樣打扮，可是，她又不能穿牛仔褲、運動衫，只好勉強淑女一天了。

走往教室集合時，她們在走廊上遇到了潘正閔，他的眼睛好亮，「孟泥泥，這是妳嗎？天哪！」

看他的表情，泥泥好像進入了神祕夢境，差點以為他是要邀請她跳舞的王子，然後跳啊跳的，時鐘噹噹噹，十二點了……

「泥泥，快點，要集合了。」芳瑜的尖叫，驚醒了她。她收回神來，跟潘正閔說：「記得幫我加油喔！希望我不會把講稿忘得一乾二淨。」

「我還覺得妳即席演講比較有趣呢！」潘正閔說。

衝進教室，泥泥跟賴佩珊差點撞成一團，賴佩珊脫口大罵：「妳沒有眼睛啊？我從巴黎買回來的新衣服耶，撞壞了怎麼辦？妳賠得起嗎？」

當她看清楚眼前站著的人是泥泥，賴佩珊的嘴張得好大，跟癩蝦蟆一樣大，噴出來的也是毒氣，「妳妳妳……」

「怎麼樣？穿得比妳漂亮對不對？」田芳瑜神氣的說。

賴佩珊直搖頭，撇撇嘴，「是很漂亮，只可惜她這件衣服是我捐給別人的舊衣服，不曉得她是從哪一個舊衣回收箱偷拿的？」

站在旁邊的王禮涵、李秀華一聽，逮住機會，笑得好大聲，「哈哈！穿人家垃圾箱的衣服。」

泥泥的眼淚差點流出來，但是，她知道，這是自己重要的日子，她絕不能哭，她要勇敢。挺起了胸膛，她說：「隨便妳怎麼說，我都不會生氣，這是花錢買來的，我理直氣壯。」

但是，賴佩珊一夥人依然不停咬耳朵，而且到處跟班上同學說，沒想到，還是有人站在她們這一邊，班上倒數幾名的大個兒志偉，走到賴佩珊面前用力說：「妳不要笑孟泥泥，我覺得她很好看，今天要畢業了，妳不可以再笑她，她是我們的好同學。妳如果繼續笑她，我會讓妳的新衣服變成破報紙。」

一股山洪要爆發的態勢，好像全班同學要分成兩派決一死戰了，泥泥想著她跟賴佩珊都狼狽不堪的樣子，到時候怎麼上臺？幸好這時候，導師走進教室，全班才算安靜下來，導師跟泥泥招手，「妳先到教務處做準備，教務主任要跟妳說幾句話！」

「哼！臭屁。代表我們，真丟臉！」賴佩珊不放過機會，在她背後說。

★魔咒終於解除了

就在這個時候，禮堂大門出現了兩個熟悉的身影，因為逆光的緣故，泥泥看不清楚……

跟著教務主任走進禮堂，六年級的同學已經按照班級排好隊伍，泥泥很快的站回自己班上，經過賴佩珊身邊，她故意踩了泥泥的腳一下，眼尖的田芳瑜拉了拉賴佩珊的頭髮，「妳這是本班第一名的表現嗎？小鼻子小眼睛的小人……」

「噓！」導師轉過身來，制止大家繼續說話。

畢業典禮開始，校長、家長會長、民意代表……一一致詞，泥泥緊張得左右手互捏手指，幾乎要把手指掰斷了。

接著，進行的是頒獎典禮，果然是潘正閔得到了市長獎，六年一班的李愛珠得了鎮長獎，賴佩珊得的是校長獎，她的下巴抬得高高的走上臺，孟泥泥為她拚命鼓掌，田芳瑜問她，「妳幹嘛幫她鼓掌？妳看她，還故意跑去潘正閔旁邊合照，真噁心。」

「她也是我們班的榮譽啊！妳幹嘛跟她一樣小人。鼓掌啊！」泥泥推推她。

最後一個獎項是勤學獎，特別頒給六年全勤以及奮發向上的同學，這是很不容易的一件事，因為歷經流行性感冒、腸病毒，還能夠保持全勤，必須有過人的健康。

當五位獲獎學生被叫到名字時，田芳瑜拍了拍泥泥肩膀，「泥泥，在叫妳耶，全勤獎有妳的名字耶！趕快去領獎。」

泥泥呆住了，怎麼可能？她雖然從來沒有請過假，可是，她的學業成績頂多中等？

王禮涵酸溜溜的說：「一定是學校派她致答詞，覺得她平常表現太爛，會被別人譏笑，才故意給她獎的。」

泥泥沒有機會辯解，匆忙上了臺，領了自己的獎，合照的時候驚魂未定，幾乎笑不出來。

緊接著就是她代表畢業生致答詞，下臺又上臺，她好喘。

走到講臺中間，她突然發現，這跟上次的演講比賽完全不同，臺下的人多了好多，她看到了導師鼓勵的笑容，也看到了潘正閔肯定的笑容，更看到了賴佩珊揶揄的笑容，她深吸了一口氣，把眼神轉到充滿愛與喜悅的芳瑜臉上，開口說話：

「各位市長、各位鎮長、各位校長、各位老師、各位……」還沒說

完，臺下已經笑得東倒西歪，因為市長、鎮長、校長都只有一位，她卻說成了各位。

教務主任緊張的在臺下跟她揮手，泥泥警覺到自己說錯了話，連忙改變了開場白：

「大家好。每個人生命中都會有很多的意外，像我上臺領勤學獎，是一個意外，像我代表全體畢業同學致答詞也是一個意外，但是，不管這個意外會帶給我們什麼意外，我們還是要努力走下去。」

說到這裡，教務主任擦了擦額頭上的汗。

「我是六年八班的孟泥泥，今天代表全體畢業生說幾句心裡的話……」說著說著，泥泥彷彿帶領大家回到了六年前，他們怯生生的走進校園……，臺下騷動的聲音逐漸平復。

「我相信每個人都有自己的夢想，離開校門以後，我們就要開始朝自己的夢想努力，不管我們過去的成績是第一名，還是最後一名，沒有一個人可以把我們踩在腳底下，除非我們自己瞧不起自己。」

「最後，我要代表全體畢業生謝謝我們的校長、我們的老師，如果不是校長這麼愛護學生，給每個學生機會，我今天不會站在這裡，如果不是老師費盡心力教導我們，我們不會從一張空白的紙變成一本內容豐富的書。我們更要感謝我們的父母，如果不是他們的陪伴，我們不會、我們不會……」

泥泥想到自己的媽媽，突然哽咽，幾乎說不下去。

「現在這個時候，我的媽媽雖然還躺在醫院裡，可是，我相信，她跟所有的爸媽一樣，會繼續陪伴我們……」

臺下的掌聲一聲、兩聲、三聲……變成一連串的熱烈掌聲，彷彿是給泥泥最大的鼓勵。

就在這個時候，禮堂大門出現了兩個熟悉的身影，因為逆光的緣故，泥泥看不清楚，等他們再走近幾步，泥泥終於看出來，是逸豪大哥扶著媽媽來參加她的畢業典禮。

媽媽沒有死，媽媽活了過來，魔咒解除了，她幾乎要大喊萬歲。她慌忙跟大家鞠了躬，說了一聲，「謝謝大家，我的夢想已經實現了。」

她用最快的速度衝下臺，粉橘色的洋裝幾乎絆倒了她，她拉起裙擺，繼續跑，就快接近媽媽時，突然煞了車，猶豫著，不敢靠過去。

逸豪大哥跟她眨眨眼，招了招手，媽媽有些虛弱的微笑著，她看起來從不曾這麼溫柔過，泥泥輕輕的問：「我可以叫妳媽媽嗎？」

媽媽伸出雙手，泥泥衝過去抱住她，緊緊的抱著，好怕媽媽跑掉，她

不停的喊「媽媽—媽媽—媽媽—」好像要把十二年來沒有喊過的媽媽一次喊完，淚水流了一臉。

但是，她還是不忘跟逸豪大哥扮了鬼臉，「謝謝你，我知道一定是你幫的大忙，怎麼辦？我不嫁給你是不行囉！」

典禮結束後，校長也特別走過來，「妳就是泥泥的媽媽嗎？泥泥真是一個特別的孩子，我們都很喜歡她。」

走在校園裡的陽光下，畢業生紛紛尋找喜歡的同學合照，潘正閔的爸媽特別送了泥泥一束粉橘色的玫瑰，還邀請泥泥跟媽媽一起拍照。

她跟潘正閔站在一起，潘正閔望著她笑了笑，她心裡湧起一股喜悅感，雖然她沒有城堡，也沒有馬車，她卻是一位真正的公主。

那麼，潘正閔就是她的王子囉？

逸豪大哥按下快門的那一剎那，卻看到泥泥的表情怪異，好像被武林高手點了穴，問她，「泥泥，妳的笑容呢？別做那副怪……」

泥泥指指逸豪大哥背後的校門口，站著一個她好久不見的人，他雙手在胸前交叉，定定的看著泥泥，他是——袁大乘。

賴佩珊也發現袁大乘的出現，興奮的跑過去叫他，「你回來太晚了，孟泥泥已經變心了。」

泥泥回頭看看媽媽，媽媽輕聲說：「妳是要問那些信是嗎？媽媽只是擔心妳跟媽媽一樣早戀受傷，所以才扣了袁大乘的信，對不起！」

泥泥又回頭望望潘正閔，潘正閔拍拍她肩膀，「趕快去啊！袁大乘不是妳的好朋友嗎？不然賴佩珊又要搞破壞了。」

泥泥深吸一口氣，比她上臺演講還要緊張，好怕袁大乘誤會她了，或是不理她了。但是，當她看到袁大乘臉上的笑容，她知道，她飄飄忽忽的那顆心又回來了。

「我答應過妳，我會回來參加妳的畢業典禮，所以，我回來了。泥泥公主，恭喜妳畢業了。」

袁大乘伸出友誼的手，望著她笑，就好像蔚藍天空下只有他們兩個人，泥泥握住他的手，覺得自己好像在演電影，演一位尋找幸福的公主。然後，她又恢復了孟泥泥的本性，大吼一聲，「袁大乘，你很過分，我受了那麼多苦，你現在才回來，我要跟你——算帳！」

校園裡不斷穿梭的身影熱鬧非凡。泥泥的故事和其他同學的故事還會繼續演下去，至於誰是公主，誰是王子，似乎不那麼重要了。

國家圖書館出版品預行編目資料

沒有城堡的公主/溫小平文 ;cincin 圖 . -- 二版 .
--臺北市：幼獅文化 事業股份有限公司, 2021.12
面； 公分. --（故事館；85）

ISBN 978-986-449-253-4(平裝)

863.596 110019503

・故事館085・

沒有城堡的公主

作　　者＝溫小平
繪　　圖＝cincin chang
出 版 者＝幼獅文化事業股份有限公司
發 行 人＝李鍾桂
總 經 理＝王華金
總 編 輯＝林碧琪
主　　編＝沈怡汝
美術編輯＝游巧鈴
總 公 司＝10045臺北市重慶南路1段66-1號3樓
電　　話＝(02)2311-2832
傳　　真＝(02)2311-5368
郵政劃撥＝00033368

印　刷＝祥新印刷股份有限公司
定　價＝280元
港　幣＝93元
二　版＝2021.12
書　號＝984268

幼獅樂讀網
http://www.youth.com.tw
幼獅購物網
http://shopping.youth.com.tw
e-mail：customer@youth.com.tw

行政院新聞局核准登記證局版臺業字第0143號